Les Larmes de Nelor

Paige J. Eligia

LES LARMES DE NELOR

Fantasy

© 2023 Paige J. Eligia (57)
Tous droits réservés
ISBN : 978-2-9579788-3-0
Dépôt légal : juin 2023

Couverture illustrée par Nicolas Jamonneau
Carte illustrée par Axel Elie
Mise en page réalisée par Capucine Höll
Texte relu et corrigé par Marina Lombardi

À ma petite merveille,

Doré est l'unique démon
Commandant des émotions,
Mais pour percevoir à travers
Ses maléfices irréels,
Seules les couleurs de l'esprit
Et les visions éternelles
Sauveront l'aube des deux mondes,
Augmentant la source de tout.

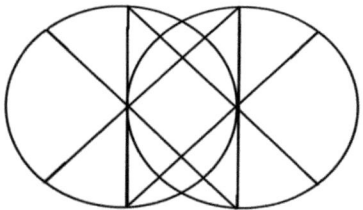

Chapitre 1

Le démon

— Kelya ! hurla Tania. Non ! Kelya ! Pas ton pouvoir !

L'énergie dorée s'échappait des doigts de Kelya. Son cœur battait la chamade. Les membres de sa tribu cherchaient une voie de sortie dans la caverne de sable.

— Jaynia ! Jaynia ! criait-on autour d'elle.

Le mot d'alerte se diffusait, mais il était trop tard. Tout était en train de s'effondrer sur eux. La technique d'enfouissement protégeait les nomades quand les tempêtes de sable devenaient trop violentes. Ils creusaient dans la dune et la consolidaient pour s'y abriter. Mais cette fois, la caverne ne tiendrait pas. Elle allait être leur tombeau. Les motifs du tapis ne se discernaient plus des grains qui s'infiltraient à l'intérieur. Sa tribu s'agitait, rassemblant les provisions, l'eau, tout ce qu'elle pouvait. Le pouvoir battait en Kelya, l'invitant à le laisser sortir. Elle pouvait les sauver, les sauver tous. Mais pour ça, elle devait accepter que le démon prenne possession d'elle.

— Kelya ! répéta Tania. Non !

L'interdiction répétée depuis son enfance était plus solide qu'un verrou. Impossible d'aller contre des années d'enseignement. Impuissante, Kelya s'accrocha à un des piliers qui tenaient la voute.

Le sol tremblait. La poussière embrumait ses yeux. Le plafond s'effritait. Ils allaient suivre le sort des bêtes déjà englouties par la chute de la première caverne. Son peuple continuait de se débattre, même si tout était perdu.

Certains tentaient de consolider le plafond autour des piliers. D'autres s'acharnaient à creuser une voie de sortie, mais le sable s'écoulait encore plus vite sous leurs efforts. Une femme hurlait en serrant son bébé dans ses bras. Une autre emballait leurs réserves d'eau. Comme s'ils allaient encore pouvoir s'en servir après que le sable se serait infiltré dans les gourdes. Deux hommes enroulaient leur visage de leur voile. Des enfants pleuraient dans un coin et s'accrochaient aux vêtements de leurs parents. Le bruissement du sable qui s'écoule sans fin emplissait leurs oreilles. Assourdissait leurs cris. Des blocs de sable tombaient du plafond. C'était terminé.

Kelya ne pouvait rester inactive. Pas alors que la solution montait en elle. Mieux valait être bannie que d'assister plus longtemps à leur souffrance.

Trop tard. Le plafond s'effondra. Les piliers se brisèrent. Une vague de sable s'engouffra. Elle effaça tout. Kelya ne vit plus un homme, n'entendit plus un son, excepté ce battement de magie qui gonflait dans ses veines. Ses poumons se bloquèrent. Elle ne respirait plus. Le pouvoir s'extirpa hors d'elle, comme le vent force l'ouverture d'une porte. L'énergie la grisa. Le danger la galvanisait, la rendait plus vivante que jamais. Le sable n'était plus son ennemi, mais son allié. Enroulé autour d'elle comme un cocon familier. Le manque d'oxygène battait à ses tempes, mais elle était calme, sereine. Comme si elle était revenue dans le ventre de sa mère.

Sa magie de démon la poussa soudain vers le haut. Propulsée par une pression sous ses pieds, Kelya traversa les couches de sable sans effort. Son cœur brûlait dans sa poitrine. Le sable s'infiltrait dans son nez. Et si le démon l'envoyait dans la mauvaise direction ? S'il était en train de la détruire plutôt que de la sauver ? Alors que son esprit frisait l'inconscience, Kelya pria les Chimères.

Virevolte, tourne, chasse. L'azel, la tempête de sable, retombait peu à peu sur les dunes de Swirith. Le calme revint, à peine troublé par une brise, douce comme une caresse.

Soudain, une main surgit du sable noir. Les grains glissèrent entre ses doigts bruns. Un poignet s'extirpa de la dune. Puis, un coude. Un bras. Jusqu'au corps tout entier de Kelya. Petit, fragile, faible. Elle prit une grande inspiration et toussa alors que le sable glissait sur elle, s'écoulant comme une vague.

Une renaissance, extirpée de son cocon de sable. Tania et sa tribu l'avaient recueillie bébé. Elle avait été trouvée vivante, en plein milieu du désert. Peut-être était-elle née du sable lui-même. Peut-être qu'elle n'était pas vraiment humaine. Sa survie ne pouvait être un simple miracle. Elle était forcément l'œuvre du mal. D'autres auraient préféré abandonner l'enfant du démon, mais pas Tania et Tryss qui avaient vu en elle le bébé qu'ils n'arrivaient pas à avoir. Un cadeau des Chimères.

L'azel ne soufflait plus. L'absence de bruit sortit Kelya de sa torpeur. L'horizon calme dissimulait toute trace du drame. Tous étaient morts. Tania, Tryss et toute la tribu. Kelya était isolée. Incapable. Son hésitation leur avait coûté cher. Elle aurait dû s'écouter. Si seulement son pouvoir n'avait pas été tant décrié. Si seulement elle avait appris à s'en servir avant, autrement que par instinct. Si elle le contrôlait, le maîtrisait, alors tout ceci... Mais ne restaient désormais que des regrets, profonds, inavouables.

Le soleil couchant frappait sa nuque. Kelya leva la tête. Ses yeux se plissèrent de fatigue. Il serait si facile d'abandonner. Mourir là et se laisser emporter pour se punir de n'avoir pas été à la hauteur. Laisser le sable la recouvrir jusqu'à ce qu'elle se fonde dans les dunes à son tour. Comme si elle n'avait jamais existé. Sa tribu tomberait dans l'oubli. Non. Elle devait payer son acte manqué. Toute sa vie, ressasser sa lâcheté.

Les muscles tremblotants, elle se redressa. Par deux fois, elle trébucha. Par deux fois, elle se releva. Un pas après l'autre, droit vers le village le plus proche. Les étoiles-âmes de sa tribu brillaient dans le ciel et lui indiquaient la direction à suivre. Un pas après l'autre. Kelya ne pouvait plus faire face au poids de son destin. Se contenter d'avancer mécaniquement, en espérant que sa culpabilité s'allègerait en chemin. Ou du moins qu'elle y survivrait.

La nuit tomba vite et la température avec elle. Kelya s'accrochait à cette sensation familière, imaginant sa tribu marcher derrière elle. Devant elle, les étendues des dunes à perte de vue, le souffle du vent frais et chaud sur ses bras, le bruit crissant des grains de sable sous ses pieds, l'odeur sèche de la poussière qui voletait à chacun de ses pas. Quelques petits rongeurs s'aventuraient sous la lumière des étoiles-âmes, creusant des trous profonds pour récolter l'eau ou gratter l'écorce des rares gyphnées qui poussaient pour en recueillir la sève. Kelya s'orientait avec les étoiles. Sa tribu nomade s'y fiait chaque nuit pour trouver sa route là où tout se ressemblait et où aucun chemin n'était éternel.

Concentrée, Kelya refoula ses sentiments au plus profond d'elle. Sa survie dépendait de sa capacité à se remémorer les enseignements de son peuple. D'habitude, elle jouait à se repérer, mais Tryss était toujours là pour l'aider et corriger ses interprétations. Il fallait qu'elle se rappelle. Qu'elle se souvienne de leurs jeux. La constellation des trois sœurs était inratable. Trois points qui indiquaient le nord. La nuit dernière, Tryss lui avait indiqué qu'ils se dirigeaient vers le nord-ouest. Compter l'écart entre les sœurs et le reporter cinq fois. Vers la droite ou la gauche ? Son cœur s'affola. Et si elle se trompait ? Dans cette immensité, c'était la mort assurée. Droite, c'était la droite. La constellation du serpent. Elle fixa son étoile la plus brillante et la suivit. Pas après pas. De temps à autre, elle s'arrêtait pour vérifier que son regard n'avait pas sauté sur une autre étoile. S'assurait de sa direction. Tout ce qui comptait était d'avancer. Encore et encore.

Puis, les étoiles se fondirent dans l'aube rose. Kelya sursauta : les règles de sécurité ! Elle devait s'abriter à l'ombre avant que les rayons du soleil ne frappent le sol trop fort. Mais aucun abri n'était visible à l'horizon. Ni affleurement ni signe de vie. Pas même un oiseau volant dans le ciel. À combien de dunes se trouvait le dernier rocher qu'elle avait vu ? Aucune idée et il n'était pas dit qu'elle le retrouve ; il suffisait qu'elle dévie rien qu'un peu pour le manquer. C'était trop dangereux. Mieux valait continuer d'avancer. Elle enroula sa bouche et son visage dans son foulard avant que les rayons ne frappent sa peau trop fort.

Kelya marchait sans s'arrêter, mais aucun autre rocher ne se montra. Pas une seule zone d'ombre. Rien que des dunes à perte de vue. Même pas une gyphnée pour remplir ses deux outres d'eau vides qui battaient contre ses hanches. Chaque pas devenait plus difficile que le précédent. Bientôt, elle cherchait l'air à travers son voile. La sueur plaquait ses vêtements. Ses yeux se fermaient. Elle étouffait.

Un frisson la ramena à la réalité. Ses pieds étaient enfoncés jusqu'aux chevilles dans le sable. Elle s'était arrêtée. Son corps criait grâce, mais s'arrêter, c'était mourir. Elle était perdue, égarée. Sa tête tournait. Sa vision se troublait. Kelya se força à avancer. Avancer, avancer, avancer. Sans les étoiles pour la guider, elle marchait au hasard. Toute sa peau picotait de la chaleur subie. Les grains noirs s'infiltraient partout. Elle en était recouverte. À ce rythme, elle se changerait en dune humaine. Ses jambes ne la portaient plus. Ses genoux ployèrent. Elle s'effondra.

La chaleur du sable qui se réchauffait paraissait si douce, si confortable sous ses paumes et ses joues. Elle pouvait presque sentir le parfum de Tania, prête à la prendre dans ses bras. Alors qu'elle se complaisait dans ce repos bienvenu, des grains dorés jaillirent de son corps. Kelya redressa la tête. Non, ils fonçaient en elle ! Tout droit sortie de la dune, la poussière s'infiltrait par tous les pores de sa peau qui l'absorbait. Elle aspirait l'essence même du sable. Le démon s'emparait d'elle ! Elle allait mourir ! Mais alors qu'elle s'horrifiait de ce processus hors de contrôle, son esprit s'allégea soudain. La torpeur de l'épuisement s'apaisa. Tout redevint clair.

Pleine d'une énergie nouvelle, Kelya se redressa et chassa de gestes vifs les grains qui s'étaient plaqués à elle. Le démon venait de lui offrir la vitalité dont elle avait besoin. Mais où aller maintenant ? Ses traces s'étaient effacées sous le vent. Les étoiles demeuraient invisibles.

— Haram ! pesta-t-elle.

Soudain, un filament doré s'éleva des dunes et tissa un chemin devant elle. Parce qu'elle avait insulté le démon, celui-ci lui avait répondu. Il lui indiquait la route à suivre. Elle avança de quelques pas dans le fil, absorbant par la même occasion son énergie. Alors, elle abandonna sa survie au démon. Elle n'avait pas d'autre choix.

Le crépuscule tombait quand les toits effrités de Linya surgirent de derrière une dune. Le démon ne l'avait pas trahie. Il l'avait maintenue en vie. Mais l'effet de ses pouvoirs commençait à s'estomper à nouveau. L'épuisement lui revenait en pleine figure, comme si elle payait double le moment de sursis accordé par les grains dorés.

Les villageois étaient intrigués par son arrivée. Sa peau brûlée réagissait à chaque coup de vent qui se glissait dans les rues. Ses pieds avançaient difficilement ; chaque caillou lui entrait dans la plante. Sans chaussures ni voile pour le traverser, le désert avait laissé sa marque sur elle. Sa gorge asséchée gémit pour demander un peu d'aide.

— De l'eau…

Mais personne ne lui en offrit. Pire, on s'écarta d'elle comme si ses blessures étaient contagieuses. Des chuchotements effarés se répandirent, tel un écho la suivant comme une ombre.

— C'est l'enfant recueillie par Tania et Tryss, murmura quelqu'un.

— Où est le reste de la tribu ?

Leurs inquiétudes se faufilèrent à l'intérieur d'elle sans résistance. Pourquoi tous ces visages se tournaient-ils vers elle ? Pourquoi personne ne l'aidait ? La foule resserrait son étreinte. La poussière soulevée par leurs pas l'emprisonnait.

— L'enfant du démon…

— On leur avait dit de laisser mourir ce bébé dans le désert. Il n'aurait jamais dû survivre sans ses parents.

Kelya s'arrêta, cernée d'hommes, de femmes et de haine. Les murs des maisons de pierres la jaugeaient autant que ses habitants. Ils quittèrent leur mine soucieuse pour revêtir un masque inquiétant. Leurs ombres l'entourèrent. Leurs visages se transformèrent. Des monstres menaçants. Kelya se recroquevilla.

— Qu'as-tu fait d'eux ?

— Maudite !

— Démon !

Ces paroles s'enfoncèrent dans son âme, comme des multitudes d'aiguilles qu'elle ne pourrait jamais extraire. Les mots restaient coincés dans sa gorge. Incapable de se défendre face à la haine. Face à ceux qui l'avaient déjà jugée coupable. Coupable de vivre quand d'autres étaient morts.

— Regardez ses yeux dorés !
— Chassez-la !
— Tuez-la !

Une pierre frappa son bras. Le choc résonna dans le silence, comme un écho de souffrance. Ils attendaient sa réaction. Ils espéraient qu'elle se révèle comme le démon qu'ils décriaient. Kelya ne leur donnerait pas ce plaisir. Elle ne crierait pas. Supporterait la punition qui était juste. Par sa faute, toute sa tribu était morte. Parce qu'elle n'avait pas su les sauver, parce qu'elle avait obéi, parce qu'elle ne contrôlait pas ses pouvoirs, Tania et Tryss ne la protégeraient plus jamais des détracteurs.

Une nouvelle pierre frappa son dos. Puis une autre. Encore une. La douleur lui arracha un cri. Elle se prostra. Ils arrêteraient lorsque leur colère serait assouvie. Ils arrêteraient, hein ? Ses yeux brûlaient des larmes qui ne pouvaient couler. Son corps tressaillit. La pluie de pierres la détruisait. Une à une. Taillant dans sa chair. Sa peau saine ne se distinguait bientôt plus de ses plaies. La souffrance vrillait tout son être. Elle suffoquait.

Soudain, les coups cessèrent. On l'abandonna sans un regard en arrière. Mal, si mal. Kelya ne pouvait plus bouger. Chaque mouvement n'était que supplice. Son corps affaibli ne possédait plus aucune ressource. Il était à bout. Au-delà des limites humaines. La mort serait un cadeau. Son esprit rejoindrait les siens. Elle ne souffrirait plus. Plus jamais.

Des bras la saisirent et la soulevèrent du sol. Ils allaient la jeter dans les dunes et laisser le désert finir le travail. Des mains rêches tenaient sa peau. Leur chaleur l'apaisait. L'homme qui la portait sentait

Chapitre 1

un doux parfum de savon. Il la posa dans un brancard de fortune et l'emmena avec lui.

— Dors, petite souris. Personne ne s'opposera à moi.

Ses yeux dérivèrent sur les étoiles, mais elle ne put s'empêcher de guetter les habitants à mesure qu'ils quittaient la ville. De crainte ou d'espoir que tout ceci ne soit qu'un cauchemar. Elle se réveillerait demain matin dans leur tente, près de Tania et Tryss.

Une femme attira son attention. Sa capuche bleu nuit recouvrait un regard émeraude et une peau sombre. Un volatyl s'échappait de ses mains. Cet oiseau messager, couteux en énergie, envoyait toujours les informations à bon port, même à travers les continents. L'incrédulité de trouver une personne de cette richesse dans un village si pitoyable se perdit dans les brumes de son inconscience. Son corps avait trop enduré.

Chapitre 2

Trous aveugles

Mille cent vingt-quatre jours. Les encoches dans son lit de bois ne mentaient pas. Mille cent vingt-quatre jours qu'Elias ne vivait plus. Suspendu dans l'attente d'une guérison qui ne viendrait jamais. Ses yeux resteraient un miroir sans âme, sombre, inutile, comme lui. Ils étaient condamnés à l'obscurité et seule son imagination lui permettait encore de s'évader des quatre murs de leur habitation. Elias n'avait aucun intérêt à se lever si ce n'était pour échapper à sa mère qu'il reconnut, avant même qu'elle ne franchisse la porte de sa chambre, par ses pas doux et feutrés, toujours empreints de cette rapidité comme si elle risquait de mourir si elle s'arrêtait pour respirer. Souffler d'agacement, ça, par contre, elle savait faire. Les anneaux des rideaux tintèrent et la chaleur des rayons du soleil tomba aussitôt sur sa peau.

— Sors un peu de ta caverne, Elias !

Plus les jours passaient, plus elle s'énervait de son inertie. Il se contenta d'un haussement d'épaules, chassant par la même occasion les larmes qui tentaient d'envahir son visage. Sa mère sortit dans un soupir. Elias avait cessé de s'opposer à elle, tant par les mots que par les actes ; il n'y avait rien dehors pour lui. Rien pour un aveugle à peine capable de traverser une rue sans se faire renverser par une charrette.

Chaque nuit, il voyait ce souvenir encore et encore, comme un cauchemar dont on ne peut jamais se soustraire même quand le soleil se lève.

Les roues de bois craquant sur les pavés. Le choc. La douleur. Les cris des passants. Tout ça était de la faute de son père qui l'insultait de n'avoir pas regardé. S'il s'était seulement satisfait de ce qu'Elias était au lieu de le pousser à toujours plus, toujours mieux. Rien n'était jamais assez bien. Depuis qu'Elias ne voyait plus, son père devenait de plus en plus cassant, jusqu'à finir par l'ignorer totalement : sa simple existence représentait même un échec.

Des éclats de voix retentirent au rez-de-chaussée. Ses parents se querellaient. Encore. Elias repoussa sa couverture et posa les pieds sur le plancher. Sans hésiter, ses pas le menèrent jusqu'à la fenêtre de sa chambre. Le vent glacial frappa le bout de son nez dès que son visage franchit la bulle thermoprotectrice de la demeure. Les bruits de la rue remontèrent à ses oreilles. La foule. Des enfants qui jouaient. Des marchands qui haranguaient les badauds pour leur vendre la dernière technologie de pointe. Le vrombissement des volatyls qui allaient distribuer leur propagande.

Leur maison possédait quatre étages : la pièce de vie, deux chambres et l'atelier. Chaque couple marié recevait un terrain de cinq mètres par cinq mètres sur lequel construire. Plus la famille s'agrandissait, plus ils disposaient de capital magique à disposition. Leur puissance déterminait le nombre d'étages et de pièces correspondant. La famille d'Elias n'était pas si mal lotie, puisqu'ils avaient le luxe d'avoir une pièce supplémentaire, destinée à leurs loisirs. Les plus pauvres en magie devaient se contenter d'une chambre en plus de la pièce à vivre, voire d'une seule et unique pièce.

Les constructions s'étendaient toujours vers le haut, de sorte que la ville était composée de drôles de tours sujettes aux caprices du vent.

Chapitre 2

Les membres de l'Ordre, les plus puissants de leur société, possédaient des immeubles à la taille démesurée qui frisaient avec les nuages sur des altitudes si vertigineuses qu'on se demandait comment une seule brise ne mettait pas le tout par terre. Cette vue rocambolesque, Elias ne pouvait plus en profiter. Rien que ses pauvres oreilles et le souffle de vent s'insinuant dans les structures pour prévoir l'évolution de sa ville. Il se sentait terriblement à l'écart, comme s'il était devenu la fenêtre lui-même : rien de plus qu'un objet inanimé, fixe et sans vie.

— Elias ! rugit son père.

Absorbé par la rue, il ne l'avait pas entendu approcher. Elias s'éloigna de la fenêtre, mi-soulagé, mi-agacé.

— Descends déjeuner. On a trouvé. Faut qu'on discute.

Un énième remède de charlatan ? pensa Elias. La perte de sa vision provenait d'un accident magique causé par son père. Il souhaitait augmenter le potentiel d'Elias, mais son expérience lui avait coûté la vue. Depuis, ses parents testaient de nombreuses solutions, sans aucun succès. Elias se détourna de son lit pour le suivre. Sa maison n'avait plus de secrets pour lui, aussi le fit-il sans se cogner aux quelques meubles. Chaque emplacement de chaque objet était inscrit dans son plan mental. Même le grain des murs et des pierres lisses était mémorisé. Ses mains se posèrent tout de même sur la rambarde de l'escalier en colimaçon qui desservait les quatre étages.

Le parfum de viande grillée embaumait l'air. Sa mère avait cuisiné. C'était rare. Ses pieds butèrent soudain sur un objet qui n'aurait pas dû être là. Ses doigts palpèrent le tissu rêche et rencontrèrent des fermetures métalliques ainsi qu'une anse pour saisir la forme rectangulaire.

— Une valise ? s'étonna-t-il.

— Assieds-toi, coupa son père.

Elias contourna la valise pour mieux s'empêtrer dans d'autres sacs. Combien de jours son père prévoyait-il de partir ? Il trouva son siège en tâtonnant, capable de rien sans ses mains tendues en avant. Il soupira en s'asseyant enfin, soulagé de ne plus avoir à jongler entre les bagages. Sa mère ferma le poêle dans un grincement de fonte et posa le plat au milieu de la table. Il imaginait sans peine son père face à lui, le jaugeant du regard comme à son habitude, le dos droit, la nuque raide et cette moue plissée de jugement. Au moins n'avait-il plus à supporter cette vision. Sa mère découpa la viande. On n'entendait plus que son couteau et leurs respirations emplirent l'atmosphère. Quand un morceau fut posé dans son assiette, son père prit la parole :

— Nous allons sur Terre.

— « Nous » ? D'habitude, tu pars seul en expédition.

— J'ai besoin de ta mère pour me guider.

Elias oubliait parfois qu'elle n'était pas née sur Thera. Pourtant, son père reprochait souvent à sa femme que son fils ne se soit pas élevé au rang de sorcier, comme si son sang l'avait empêchée de concevoir un enfant capable d'atteindre la hauteur de son paternel.

— Nous partons ce soir.

Si vite ? Quelle était l'urgence ?

— À treize ans, tu es assez grand pour te garder seul. Et puis, je sais que tu n'auras pas bougé d'ici notre retour…

Piqué dans sa fierté, Elias ravala les larmes qui menaçaient de monter à nouveau. Il en avait assez d'être renvoyé à sa condition. Son père ne comprenait pas, ou ne voulait pas comprendre. Chacun de ses mots n'était qu'accusation. Comme si Elias le faisait exprès alors qu'il était emprisonné dans sa peur de l'extérieur. Tout était trop compliqué au-dehors pour un aveugle. Et terrifiant.

— Ton oncle Isaac viendra te tenir compagnie, ajouta sa mère.

Cela faisait des années qu'il ne l'avait pas vu, et bien avant l'accident.

Chapitre 2

— Pourquoi vous n'attendez pas qu'il arrive ?

Un silence gêné lui répondit. Il n'avait pas besoin de discerner leurs visages pour sentir tout le malaise. Bruissements de tissu. Temps de réflexion trop long.

— Notre continent n'est pas très stable, même si le gouvernement le cache.

— Nous avons peur de ne plus pouvoir emprunter les portails. C'est notre dernière chance.

— Qu'est-ce que vous avez trouvé cette fois-ci ? Une plume magique ? Des sorts d'apaisement ?

Un torchon claqua dans l'air.

— Cesse ! cria son père.

Depuis qu'il était aveugle, il échappait aux gifles. Comme s'il était devenu aussi fragile qu'un miroir.

— Nous avons trouvé une légende qui...

— Tais-toi ! hurla encore son père. Il ne mérite pas de savoir, cet ingrat. Des mois à chercher un remède, et voilà comment il nous remercie ! Par de la moquerie !

Un raclement de tabouret, des bruits de pas. La porte d'entrée claqua.

— Ton père fait...

— C'est de sa faute, grinça Elias. Si je suis comme ça.

Sa mère soupira et reprit son repas en silence. Elias n'avait plus faim. Il abandonna sa part et rebroussa chemin vers l'escalier, non sans tomber à nouveau dans les ficelles des sacs. Sa mère renifla. Elle pleurait sûrement. Prise en étau entre eux deux. Le cœur d'Elias se serra. Il aurait tellement aimé être normal. Celui qu'il aurait fallu. Mais il n'était plus qu'un infirme. Pas même capable de les accompagner pour dénicher ce fameux remède. Une légende... ma parole. C'était tout ce qu'ils avaient trouvé ? Des fables de vieille femme ?

Quand le bruit du départ reprit au rez-de-chaussée, Elias ne descendit pas pour les saluer. Il les entendit charger le tout dans la charrette en discutant à voix basse. Même s'il ne pouvait discerner les mots, il devina qu'une nouvelle dispute éclatait encore entre eux. Sa mère vint lui déposer un baiser frais avant de le laisser à son mutisme.

— Cette fois, on trouvera, j'en suis sûre. Prends soin de toi.

Elias ne répondit pas. Or, ses parents ne franchirent plus jamais le seuil de cette maison.

Dès que le silence envahit la demeure, Elias s'extirpa de sa chambre pour redescendre dans la pièce de vie. L'odeur de la viande grillée flottait encore dans les airs. Il se sentait plus seul que jamais. Son pied glissa sur quelque chose. Il ne devait pourtant plus y avoir de valise au pied des marches. Il se baissa lentement et récupéra une feuille. Avant de lire le message, il s'assit sur son tabouret et faillit tremper le papier dans le morceau de viande qui reposait toujours dans son assiette. Sa mère le connaissait bien. Elle savait qu'il allait descendre après leur départ pour finir son plat. C'était encore tiède. Elle l'avait réchauffé juste pour lui, avant de partir.

Ses doigts ouvrirent le message plié en deux. Un bruissement de magie plus tard, la voix de sa mère retentit. Elias se concentra ; il ne pourrait pas le réécouter. Le système d'enregistrement magique permettait de lancer une unique lecture audio à l'ouverture. C'était couteux en énergie, mais dans le cas d'Elias, vital.

« Si la situation sur Nelor vient à se dégrader et que nous ne sommes toujours pas rentrés, retrouvons-nous au port de Zernyth. Nous y prendrons un navire pour aller sur Swirith. Au pire des cas, nous irons à l'ouest. N'oublie pas de manger. »

Elle n'avait pas signé, c'était inutile. C'était comme si elle s'était trouvée là pour lui délivrer ses instructions. Ses inquiétudes étaient ridicules. Il ne se passait rien sur Nelor. Rien à part ces quelques trous apparus à l'extrémité est. La Cour du gouvernement réussirait bien à les reboucher et ce serait réglé.

Elias mangea sa part, puis abandonna l'assiette dans la vasque : il pourrait bien la laver demain. Ce n'était pas comme si ses occupations personnelles allaient lui prendre tout son temps… Ce dernier défilait à une allure si lente, tellement lente. Elias n'aspirait qu'à ce que la nuit se couche pour aller dormir. Au moins, il ne pensait pas dans le pays des rêves et la vie se parait de couleurs.

Il grimpa les marches jusqu'au dernier étage : l'atelier de son père. Elias ouvrit la porte avec précaution et s'y aventura pas à pas pour ne pas risquer de faire chuter un objet, ou pire, de glisser sur quelque chose de fragile. Plus jeune, il adorait se percher là des heures entières, le nez rivé sur le télescope qui permettait de contempler à des lieues à la ronde. Cette passion lui avait été ôtée en même temps que la vue. Ne lui restait que l'observatoire. Il tira un tabouret à lui, au centre de la pièce, et y grimpa. Trop court. Il redescendit pour le replacer au bon endroit et sa tête passa pile dans l'observatoire de verre. Ses mains débloquèrent la paroi qui coulissa pour laisser entrer l'air. Pas de vision du crépuscule. Pas de belle vue sur la ville et ses rues sinueuses. Non, rien que le souffle du vent frais frappant ses joues. Les cris des oiseaux et des volatyls dans le ciel. Le craquement des demeures alentour qui oscillaient doucement.

Elias huma l'air, chargé de l'odeur de magie de perles noires utilisées, comme celle de charbon brumé. Il sentait aussi un mélange de gyphnées, sans doute rapportées par un marchand exotique. Son nouveau jeu était d'étendre son ouïe le plus loin possible, comme s'il pouvait percevoir les paroles des passants ou les cris plus rares des animaux en bordure de forêt. Il ne savait pas si tout ce qu'il entendait était réel ; peut-être que son esprit ne faisait que fabuler.

Soudain, quelque chose explosa.

Le bruit aigu perça ses tympans. La secousse secoua son tabouret et Elias s'étala au sol. Bon sang, qu'est-ce que c'était ? L'explosion était toute proche, au niveau de la place centrale et de la statue du mage originel. Vite ! Les volatyls allaient transmettre l'information, il devait en attraper un ! À l'aveuglette, il repositionna le tabouret et y grimpa à nouveau, ignorant la douleur sourde dans sa cuisse. Dans la précipitation, son crâne cogna contre le plafond. Elias grogna et s'y reprit à trois fois avant d'être en position, la tête à travers l'observatoire de verre. L'air avait changé d'odeur : celle de la fin du monde. L'ambiance était électrique. Le calme de la rue avait disparu, remplacé par une agitation de panique. Le battement des volatyls emplit le ciel. Vu la nuée qu'il entendait, il était presque sûr de parvenir à obtenir l'un d'eux.

Elias tendit ses deux mains en l'air et agita ses bras dans l'espoir d'en attraper un dans les airs. Sa main empoigna l'un d'eux et s'entailla sur le bec pointu. Les ailes perlées se plaquèrent sur le cylindre contenant le parchemin. Son précieux butin serré contre lui, Elias redescendit au sol.

Il avait hâte de déchiffrer le message. Le transcripteur audio qu'avait utilisé sa mère ne fonctionnait qu'à la rédaction. Pour lire le papier, la méthode devait être autre. Le traducteur de son père devait se trouver dans ce bric-à-brac. Avec la magie de son mathiak, il pourrait l'activer et déchiffrer lettre après lettre la teneur du message.

Elias soupira d'avance. Cela allait lui prendre un temps fou. D'agacement, il froissa le papier entre ses doigts avant de le lisser à plat contre sa paume. Après avoir manqué de se couper trois fois, percuté quelques meubles et renversé des objets inconnus, Elias trouva enfin l'outil désiré. Il s'assit à même le sol et ouvrit la petite boîte. Le système était des plus simples : Elias l'avait construit avec son père pour mettre à l'épreuve ses talents d'Assistant. Un projet de classe amusant qui devenait vital à présent. Une aiguille était reliée par de l'argent à une perle noire, elle-même fixée à un bâtonnet du même métal.

Les doigts d'Elias tâtonnèrent pour se mettre en position : une main pour guider l'aiguille sur le papier, l'autre sur le bâtonnet pour connecter son esprit magique à la perle. Il ouvrit son mathiak et envoya l'énergie nécessaire dans l'objet pour le faire fonctionner. Dans sa tête, il ne percevait rien, signe que l'aiguille était sur une surface vierge. Il la poussa lentement jusqu'à trouver le tracé du message et remonta en haut de la page pour trouver le premier mot et la première lettre. Comme une microloupe, il suivit son contour et mémorisa la lettre N.

L'air qui passait à travers le dôme de verre s'était refroidi quand Elias parvint enfin à déchiffrer le message. La nuit était tombée. L'humidité s'était intensifiée et les chuls, ces petits moineaux, se répondaient.

Nous, hommes et femmes de Nelor,
revendiquons l'attaque contre le portail de la statue
du Maître Originel.
Nous appelons le gouvernement à détruire tous les portails
qui détruisent notre continent.
Nous demandons de cesser ce déni avant qu'il ne soit trop tard,
ou nous continuerons nos actions.
Pour vous sauver. Malgré vous.

Ses parents savaient. L'évidence frappa Elias. Ses parents savaient et avaient fui. Et ils l'avaient abandonné ici.

La situation ne faisait qu'empirer à mesure que les jours passaient. Elias avait établi son nouveau poste d'observation dans l'atelier de son père, mangeant les provisions sèches que sa mère lui avait laissées. Depuis cinq jours, il vivait comme un ermite, indifférent au reste des habitants de la capitale. Le rythme des volatyls qui s'enchaînaient dans le ciel était soutenu, mais cela lui était égal. Au moins, il oubliait son mal-être, oubliait qu'il n'était qu'un paria d'aveugle, oubliait qu'il était inutile à la société, seul et isolé.

Seule la Source peut tous nous sauver. L'équilibre de la magie a été perturbé. Si vous trouvez cette personne, merci de la prévenir et de l'adresser à un sorcier ou une prêtresse.
Signé : L'Ordre.

La situation est sous contrôle. Ne paniquez pas. Vous êtes en sécurité. Des équipes sont déjà à l'œuvre pour reboucher la plupart des trous. Rapprochez-vous de votre bourgmestre en cas de besoin ; des kits de survie seront approvisionnés dans toutes les villes.

Un nouveau portail a été détruit par un groupe terroriste qui pense régler le problème par la violence. Signalez tout comportement suspect aux milices de votre ville.

Les instructions de la Cour défilèrent ainsi jusqu'à l'effondrement de Perth à l'est, totalement engloutie dans un trou gigantesque. Les bâtiments, les hommes et les femmes avaient disparu dans les tréfonds de l'univers, sans que personne ne puisse prévoir la catastrophe.

Chapitre 2

Après cet évènement, le bruit de la ville changea : des affolements paniqués, des cris, des beuglements, des affrontements entre ceux qui voulaient partir et ceux qui préféraient rester. Puis, les émigrants se firent de plus en plus nombreux jusqu'à ce qu'un calme retombe, quoique chargé d'angoisse et de peur. Un calme anormal, déserté par l'agitation de la vie quotidienne. Les portails alentour avaient tous été détruits, coupant toute tentative de fuite.

Un jour, quelqu'un toqua à sa porte. Elias crut avoir rêvé et ignora ce premier bruit. Mais trois nouveaux coups frappèrent le bois. L'inconnu insistait. Elias aurait préféré le contraire, mais quand on frappa pour la troisième fois, il se résolut à descendre l'escalier. Son cœur battait la chamade : qui cela pouvait-il être ? Par les temps qui couraient, comment savoir si la personne derrière le battant ne lui voulait pas du mal ? Ou n'allait pas faire exploser sa maison ?

— C'est qui ? cria-t-il.
— Isaac, abruti ! Ouvre.

Ah, il l'avait oublié celui-là. Sa bulle solitaire venait de voler en éclats et l'idée qu'un oncle qu'il n'avait pas vu depuis des années entre chez lui le dérangeait tout à coup.

— Non. Je ne suis pas…

Le bois craqua. Un souffle d'air passa sur son visage. Abasourdi, Elias se précipita pour ouvrir la porte avant qu'elle ne lâche. Mais il n'en eut pas le temps.

— Pas la peine, le repoussa Isaac d'une grosse main.

Le battant craqua encore, comme si son oncle venait de le traverser tout entier. Mais ce type pouvait être n'importe qui et se faire passer pour une connaissance.

— Je peux vérifier ton identité ? demanda Elias en tendant les doigts vers le haut.

Dans ses souvenirs, Isaac avait toujours été immense. Mais c'était il y a quatre ans, il avait grandi depuis. Et perdu la vue.

— Ah, j'avais oublié.

Des mains rêches s'emparèrent des siennes pour le conduire à un visage carré présentant une courte barbe. Les doigts d'Elias poursuivirent jusqu'à trouver la cicatrice qui commençait sur sa pommette et descendait jusqu'à sa bouche. Il la suivit jusqu'au bout pour être certain de ne pas s'être trompé. Isaac le chassa comme un insecte.

— C'est bon, t'as assez regardé. Fais tes bagages.

— Mes bagages ?

Ce n'était pas ce qui était prévu. Son oncle devait lui tenir compagnie en attendant le retour de ses parents, rien de plus.

— T'as pas vu ce qui s'passe dehors ?

Elias ne répondit pas, vexé par son manque de tact : non, il n'avait pas *vu*. Isaac soupira, mais ne s'excusa pas.

— Tes bagages, répéta-t-il.

— Non.

La situation n'était pas si catastrophique. La capitale tenait encore debout. Les trous se concentraient à l'est. Il y avait juste ce problème de terroristes qui faisaient sauter tous les portails… mais rien qui justifiât qu'Elias doive quitter le seul endroit où il se sentait en sécurité.

— Le continent prend l'eau comme un shyrla plein de trous.

— On ne peut pas trouer un shyrla.

Isaac grogna pour toute réponse. Un sac percuta le plancher et des fesses s'enfoncèrent dans l'unique fauteuil qui grinça.

— T'as jusqu'à ce soir, petit. Après, j'te laisse mourir ici.

Mourir ? Quelle importance ? Elias se contenta de hausser les épaules et remonta les escaliers vers sa tour dorée. C'était stupide ; les trous n'étaient pas arrivés jusqu'au centre du continent. Pas la peine de s'alarmer à ce point. Même si sa mère avait prévu des situations de repli, Elias jugeait qu'on n'y était pas encore. Toute cette agitation finirait par retomber et il pourrait reprendre le cours de sa vie normale.

Le temps s'écoula lentement, jusqu'à ce que des pas lourds montent l'escalier. Isaac se tenait derrière lui.

— C'est l'heure. Dernière chance.

Elias secoua la tête. S'il parlait tout haut, sa peur risquait de prendre le dessus. Choisir entre la solitude ou l'inconnu n'était pas simple. Mais il préférait rester dans un terrain dont il maîtrisait les moindres recoins plutôt que de s'aventurer dans un monde hostile dont il ignorait tout.

— Tu l'auras voulu.

Isaac se détourna sans insister et Elias suivit ses pas le long de l'escalier. Il partait vraiment. Ce n'était pas une feinte pour le forcer à le suivre.

— T'as pu de porte, au fait ! hurla Isaac.

Elias frémit. N'importe qui pouvait monter jusqu'à lui ! Il réfléchit et se calma aussitôt : vu le nombre de demeures vides dans la capitale, un voleur choisirait d'abord celles où il n'y avait personne. Dans le doute, il ferma tout de même la porte de l'atelier. Ah non ! Des provisions !

Elias descendit au rez-de-chaussée et tressaillit à cause du courant d'air. Isaac n'avait pas menti : la pièce était exposée à tous les vents. Elias se saisit d'un grand saladier où il fourra un maximum de denrées avant de remonter à l'étage. Pour s'assurer qu'on ne pousserait pas la porte sans qu'il l'entende, il posa ses victuailles contre le battant, espérant que leur poids suffirait.

Son cœur battait à tout rompre. Isaac avait ôté les œillères de son indifférence. Sans son arrivée, il déchiffrerait encore les messages des volatyls, se contentant d'être spectateur du monde extérieur. Désormais, son cerveau surinterprétait chaque bruit et mouvement. Ses émotions prenaient le dessus et l'empêchaient de réfléchir. Maudit Isaac.

L'air frais de la nuit et le cri des oiseaux nocturnes ne l'aidaient pas à se rassurer. La fatigue gagna cependant.

Soudain, la gueule d'un chien aux multiples dents surgit et mordit son visage. Elias se réveilla en sursaut. La vision avait paru tellement réelle qu'Elias tendit les mains pour vérifier qu'aucun monstre ne lui tournait autour. Des poils doux le frôlèrent.

— Ah !

Elias se releva à vive allure et se débattit un instant avec le chiffon jusqu'à émerger tout à fait de son cauchemar. Il n'y avait rien. Rien à part les rayons chauds du soleil qui frappaient à nouveau sa peau. Il aurait mieux fait de partir avec son oncle, tout compte fait. Un fort craquement relança sa peur. Qu'est-ce que c'était encore ? Un voleur ? Isaac ?

Le craquement se poursuivit et le sol bascula. La maison s'écroulait ! Non ! Elias hurla et s'accrocha aux lourds meubles. Du bric-à-brac se fracassa sur lui, puis tout cessa. Mais il ne pouvait pas rester là. Le dôme de la fenêtre était devenu inaccessible avec la maison penchée. Impossible de mettre un tabouret pour y grimper. Elias avait perdu tous ses repères.

Ses doigts tâtonnèrent jusqu'à retrouver la porte de l'atelier dans laquelle il se glissa. Et si le plancher s'était écroulé ? Et si l'escalier n'était plus là ? Il rampa à quatre pattes pour l'atteindre. Ses mains s'agrippèrent aux barreaux de la rambarde et il affronta les marches une à une. Le vide l'engloutirait à la moindre erreur. Des marches penchées n'étaient vraiment pas faciles à pratiquer. Il descendit pendant un moment qui lui parut des heures. Ses muscles s'engourdissaient. Cet escalier n'avait pas de fin.

Soudain, ses pieds tombèrent dans le vide. Le vide ! Malgré toutes ses précautions, il avait failli y passer. Ses doigts resserrèrent leur prise et il évalua du bout de l'orteil la situation. Comment savoir s'il pouvait sauter, si ce n'était que deux marches qui avaient disparu et que le reste de l'escalier se situait là ? Comment savoir quand on ne voyait strictement rien ? Qu'on vivait dans le rien, jour après jour ? Alors, en désespoir de cause, il hurla.

— Isaaaaaac !

Il hurla à en cracher ses poumons. Il hurla jusqu'à ce que sa voix se brise. Il hurla tout ce qu'il pouvait.

— Isaaaaaac !

Son oncle pouvait avoir attendu à proximité qu'il se décide à sortir de sa maison. Peut-être se trouvait-il encore dans les parages. C'était sa dernière chance. Ou il allait rester coincé là, dans cette maison qui serait son tombeau.

— Isaac, sanglota-t-il.

— Saute, petit !

— Isaac ?

Était-ce bien sa voix ? Un miracle ? Elias loua les Chimères de lui avoir envoyé son sauveur. Des pas lourds craquèrent sur le sol. Des bruits de cailloux et de pierres ainsi que de bois brisé résonnèrent.

— Saute !

Mais cette simple commande était impossible pour Elias. C'était pire que de sauter dans le vide, ou d'une falaise vertigineuse, pire qu'un plongeon dangereux. Il devait sauter dans l'inconnu. Et ça, c'était au-dessus de ses forces.

— J'peux pas !

— Si tu peux ! Saute, j'te dis !

— Non, viens me chercher !

Les larmes remontèrent à nouveau. Il suffoquait. Sa poitrine n'aspirait pas assez d'air. Son corps tremblait.

— Le trou est juste en dessous de toi, j'peux pas grimper.

— Le trou ?

Sa voix se brisa sur l'aigu alors que toute l'horreur décrite par les volatyls ces derniers jours lui revint en pleine face. Un trou ? Chez lui ? Sous ses pieds ? Un nouveau craquement le fit hurler de terreur.

— Saute ! Droit devant !

L'escalier basculait. Elias n'avait plus le choix. Il lâcha la rambarde et bondit vers l'avant dans un saut de l'ange, droit vers sa mort.

Des bras solides le rattrapèrent au vol. Il effectua une courbe dans l'air, perdant au passage une de ses chaussures. L'odeur de sueur d'Isaac enveloppa son nez alors que l'homme le basculait sur son épaule comme un sac. Il le sentit bouger à grande vitesse. Derrière eux, un craquement plus violent que les autres se déclencha et un tas de poussière le fit éternuer. Un peu plus et il y passait avec sa maison.

Isaac le posa comme un objet fragile sur un gros rocher. Elias se raccrocha à ses vêtements.

— Me laisse pas !

— Te faut des chaussures.

Son oncle délia ses doigts de force et s'éloigna de lui. Elias ne pouvait même pas le suivre des yeux ni constater l'étendue des dégâts. Il n'était qu'une statue posée là en attendant que son propriétaire revienne. Des larmes, de rage cette fois, perlèrent à ses paupières. Tellement inutile, tellement incapable. Il ne pouvait aller nulle part. Sa maison. Détruite. Ses parents. Introuvables. Il n'était pas taillé pour la survie ! Déjà, sortir pour une simple promenade était impensable, alors se déplacer dans un monde qui perdait les pédales ! D'instinct, il tourna la tête sur la gauche. Quelqu'un ?

Chapitre 2

Sa respiration s'accéléra ; il n'arrivait plus à se contrôler. Autour de lui, il n'entendait que hurlements et destruction. D'autres maisons devaient s'écrouler sur leurs habitants. Les rues devaient être jonchées de gravats. Les survivants paniquaient. Comme lui.

— Isaac ! cria-t-il. Isaac !

Sa voix s'éraillait, mais il ne put s'empêcher de hurler de plus en plus fort :

— Isaac ! Isaac ! Isaac !

Des larmes bloquèrent ses mots, sa gorge ne suivait plus. Il perdait pied. Le vent frappait son dos. Il s'agenouilla. Il n'arrivait plus à respirer ni même à crier. Secoué de soubresauts, il hurla encore :

— Isaac !

— Tiens, tiens... Un gamin perdu.

Une voix nasillarde coupa ses tentatives. Elias sanglota ; l'air lui échappait toujours. Son corps trembla. Qui était cette personne ? Son odeur de rouille et son haleine fumée lui étaient inconnues.

— Gamin, gamin, il doit avoir plus de dix ans ! répliqua une voix de fille dont les accents prouvaient qu'elle n'était pas d'ici.

Son parfum collant se mélangeait à celui de l'homme. Un coup de vent passa devant ses yeux : une main ?

— Il est aveugle, le grand gamin.

— L'a pas l'air de posséder grand-chose.

Des doigts s'agrippèrent à lui tandis que d'autres fouillaient dans ses poches. L'odeur de rouille s'insinua dans ses narines. Il se débattit, en vain. Des ricanements répondirent à ses efforts puérils.

— Tu crois que c'est celui qu'on recherche ?

— 'Dirait bien. Sa maison a une sale tête.

Les deux êtres jouaient avec lui. S'écartant avant qu'il ne puisse les saisir, Elias avait l'impression de chasser des moustiques ricanant. En plus menaçants. Pourquoi le chercheraient-ils, lui ?

— Plus de maison, plus de protection magique ! Plus de maison, plus de protection ! chantonnait la fille de sa voix grinçante. Plus de… Ah !

Tout à coup, les prises sur son corps se relâchèrent. Ses agresseurs hurlèrent. Des gouttes d'eau l'aspergèrent dans un bruit d'éclaboussure. Une grosse main bourrue essuya ses larmes. Isaac.

— T'as rien ?

Au moins, sa crise d'angoisse avait cessé, engloutie par la peur pour sa vie. Jamais on ne l'avait touché ainsi. Il se sentait souillé, terriblement inutile. Un fardeau à porter.

— Laisse-moi ici, supplia-t-il.

Il y a cinq minutes, Elias hurlait pour ne pas rester seul et maintenant, il était prêt à revenir à sa solitude plutôt que de devoir évoluer dans un univers inconnu. Son oncle lui plaça des chaussures dans les mains et attendit qu'il les enfile avant de répondre enfin :

— Pas tant qu'on n'aura pas retrouvé tes parents.

Sourd à ses protestations, Isaac le jeta en travers de son épaule et reprit sa marche dans les flaques d'eau. Un vent frais souffla, signe que la nuit n'allait pas tarder à tomber. Elle charriait des relents de peine et de souffrance, bien éloignée de l'apaisement d'une fin de journée de travail. Son monde réduit venait de voler en éclats.

Peu à peu, le bruit de la ville laissa place à celui du chant des oiseaux de nuit. La nature ignorait le drame de son continent et la vie sauvage poursuivait son cours. Les oiseaux chantaient toujours aussi fort, et même avec plus d'acuité.

Ou bien était-ce ses sens qui se décuplaient ? N'importe quoi pouvait surgir et l'engloutir. Des frissons réguliers traversaient ses muscles. Sans Isaac, il serait mort. Écrasé par sa propre maison. Chaque craquement de branche le rappelait à l'écroulement des pierres et il sursautait sans cesse. Il lui fallut un moment pour que son esprit reprenne sa place dans son corps. Mais où l'emmenait Isaac ?

— Mes parents seront au port.
— Je sais.

Elias s'agita, le sang lui montait à la tête. Son oncle le redressa et le cala sur ses épaules, les jambes de part et d'autre de son cou. Il y avait peu de cheveux auxquels se tenir, mais au moins se trouvait-il à l'endroit dans un monde sens dessus dessous.

— Ou sinon, à l'ouest.
— Je sais. D'abord la forêt pour se mettre à l'abri.
— On va bien vers l'ouest ?
— J'préférais quand tu te pissais de trouille ; là, tu m'faisais confiance.

Soufflé. Elias se renfrogna. Certes, il avait crié à s'en casser les mâchoires, mais n'importe qui à sa place aurait fait de même.

— Si j'voyais, ça serait différent, lâcha-t-il d'un ton morne.

Plus que jamais, sa vue lui manquait. Il aurait apprécié pouvoir se retourner et se rendre compte de ce qu'il restait de sa ville natale. Il aurait aimé pouvoir observer la lune jouer dans les branchages. Ou même juste marcher par lui-même au lieu d'être trimballé comme un vulgaire sac de provisions.

— Voir ou pas, ça ne change rien à la peur, gamin.
— J'ai treize ans.
— Et autant d'expérience qu'à dix.

Isaac le souleva dans les airs et ses pieds retrouvèrent la terre ferme.

— S'rait temps de régler ça. Marche tout seul, j'suis pas une monture.

Elias ne s'y attendait pas. Ses genoux ployèrent sous le choc et il tomba à genoux. En pestant, il essuya ses paumes humidifiées par les feuilles sur son pantalon. Les pas d'Isaac redémarrèrent aussitôt, indifférents à son sort.

— Hé !

Son oncle impitoyable ne répondit pas. Elias tendit les mains devant lui ; tout plutôt que de se trouver à nouveau seul dans un lieu inconnu, aux prises avec n'importe quel brigand. Ou pire : un trou.

— Si j'étais ton père, je t'aurais d'jà balancé au milieu de cette forêt d'puis longtemps.

Qu'Isaac continue de parler ; au moins, Elias savait vers où marcher. Leurs pas avaient tendance à se confondre avec le bruit de la vie autour d'eux. Les feuilles séchées bruissaient au sol et celles des arbres jouaient dans le vent. Sans parler des bestioles qui s'amusaient dans les buissons.

Bras tendus en avant, il avançait le plus vite possible pour ne pas se laisser distancer, en espérant que ses oreilles suivaient la bonne direction. Un tronc frappa les paumes de sa main. Tout juste. Elias souffla de soulagement et le contourna. Pour mieux s'emmêler dans une racine et s'étaler au sol.

— Turkin !

— Surveille ton langage, morveux.

La voix d'Isaac continuait de s'éloigner. Vite. Tout plutôt que de mourir dans ces bois. Elias ne prit même pas le temps de souligner le fait que son oncle disait plus de gros mots que lui. Il accéléra le mouvement et tomba encore.

— Mais je n'vois rien ! s'agaça-t-il.

— Ouais, et ça va être comme ça toute ta vie, gamin.

Merci de lui rappeler qu'il garderait son handicap pour toujours. La frustration le faisait enrager. Il en avait assez.

Chapitre 2

— C'est pas l'moment de faire des expériences ! Il faut retrouver mes parents !

Eux, au moins, ne le forceraient pas à marcher à l'aveuglette dans une forêt remplie de pièges.

— Au contraire, il n'y a jamais eu de meilleur moment.

Elias n'osait plus avancer. Il allait encore se faire mal. Ses genoux criaient déjà grâce et ses mains picotaient. Sans en être certain, il avait l'impression de saigner. Un liquide chaud recouvrait ses doigts.

— Fais-toi confiance au lieu de râler. Si tu veux manger c'soir, va bien falloir m'suivre.

Elias le maudit de tous les noms en pensée. C'est facile à dire, quand on voit ! Il ne se rendait pas compte de ce qu'était devenue sa vie. Il avait dû délaisser ses études dans l'Assistanat, perdu tous ses amis qui n'avaient pas la patience de l'attendre et… Un frisson glaça son échine. Il avait failli mourir rien qu'en traversant la rue, parce qu'il n'apercevait pas les charrettes arriver. Alors, oui, il avait abandonné.

Aujourd'hui, il le regrettait. S'il avait appris à se mouvoir dans sa ville, il ne serait pas aussi mauvais maintenant. Même si bon, qui aurait pu deviner que sa maison allait disparaître du jour au lendemain ?

Assis sur un rocher trop pointu à son goût, Elias ne sentait plus ses jambes, ni ses paumes, ni ses genoux. Un animal rôtissait sur le feu. Le craquement des braises claquait de temps à autre. La chaleur était bienvenue. Ses doigts transis par l'humidité ambiante n'en pouvaient plus. Mais garder les bras tendus pour les réchauffer était au-dessus de ses forces. Ses muscles n'en pouvaient plus d'avoir servi de radar durant toute leur marche. Heureusement, Isaac avait l'air de se débrouiller en pleine nature.

— Comment tu sais tout ça ?
— Tout ça quoi ?
— Vivre dans la forêt.
— J'étais chevalier sur Terre.

La Terre. L'Autre-Monde, comme on l'appelait aussi. Les portails pour s'y rendre pullulaient sur Nelor. N'importe qui pouvait aller sur Terre sans problème. L'inverse n'était pas vrai ; à moins de connaître l'emplacement, les Terriens sans magie ne pouvaient faire de même. Ce terme de « chevalier » lui était inconnu.

— Cheva-quoi ?
— Guerrier.
— Comme les guerriers Wa's ?

Elias avait du mal à imaginer son oncle égaler les statures de ces guerriers qui gardaient les portails de Nelor. Isaac grommela son assentiment et tourna la broche dans un cliquetis métallique. Elias n'avait aucune idée de ce qui était en train de griller, mais l'odeur d'animal empestait. Il ne mangerait pas ça, pour rien au monde.

Le silence s'éternisa entre eux, Isaac était loin d'être bavard et Elias était trop occupé à écouter les bois. Chaque glissement de feuille était analysé, chaque déplacement dans les broussailles, chaque craquement de branches. Il guettait son environnement avec acuité, de peur qu'un animal féroce en surgisse. Ou pire : un homme.

— Détends-toi.

Elias sursauta en entendant sa grosse voix. L'odeur du fumet de viande chatouilla ses narines. Son ventre gargouilla. Tant pis pour la nature, il avait faim. Isaac fouillait dans du matériel. Elias devait s'en remettre à ses autres sens, aussi peu développés soient-ils. Soudain, un bol granuleux effleura le bout de son nez et il s'en saisit. Elias attendit un long moment des couverts, mais au vu des bruits de déglutition d'Isaac, il comprit qu'il pouvait toujours courir. Du bout des doigts, il

Chapitre 2

arracha un morceau de chair et reconnut sa tendresse. Comment avait-il fait pour la cuire aussi bien avec une installation si rudimentaire ? En équilibre sur son caillou pointu, Elias avala son repas plus vite qu'il ne l'aurait cru.

Lorsque tout à coup, quelque chose hurla.

Chapitre 3

Le grand mage

Une vague l'étouffa. Kelya se noyait. L'eau cessa. Un seau tomba à côté de deux pieds chaussés de sandales.

— Dépêche-toi de te lever, petite souris.

Un homme gigantesque la jaugeait. Il portait la toge dorée des mages, ourlée de brins d'or. Kelya se releva aussitôt pour se prosterner devant lui. Ceux qui maniaient le démon ne toléraient pas l'impolitesse.

— Cesse tes simagrées. Le garde n'attendra pas éternellement et je déteste avoir froid.

Excepté celui-là, apparemment. Oubliant les préceptes de Tania un peu plus profondément, Kelya s'empressa de se redresser et courut pour le rattraper. Il avait déjà atteint l'enceinte de la cité quand elle le rejoignit. Les lourdes portes se fermèrent derrière eux dans un claquement et scellèrent son destin. À l'heure où aucun retour n'était possible, Kelya se demanda si elle s'était jetée dans la gueule du dragon.

Trois tours identiques au toit pointu étaient accolées à distances égales le long d'une vaste falaise. Une quatrième, plus grande, les dominait. Une muraille de pierre solide entourait les petites habitations qui se tenaient en contrebas à même le sol. Kelya resta bouche bée devant toutes ces constructions. Rien à voir avec le village de Linya fait de bouts de bois et de morceaux de charrette. Non, ici, tout était en roche et semblait immuable, comme si le sable ne s'infiltrait jamais, ne grignotait pas les murs ni tout ce qu'il touchait.

— Tu peux rester là ou me suivre, petite souris.

L'homme continuait d'avancer sans même lui lancer un regard, comme si son sort lui importait peu. Et c'était certainement le cas. Elle était seule désormais, elle et sa magie dorée. Elle ne pouvait se résoudre à maudire son pouvoir qui l'avait sauvée par deux fois. Si seulement elle avait appris avant la tempête de l'azel…

Ils déambulèrent au milieu de maisons blanches, quasi immaculées. Le sable ne soufflait presque pas ici, à cause de l'épaisse muraille qui entourait le village à flanc de falaise. Les tours permettaient de grimper pour mieux dominer les Landes. La présence du vent manquait à Kelya qui trouvait bien silencieuses ces ruelles. Pas un habitant pour l'observer en coin, personne pour la maudire ou l'insulter. Si cela n'avait pas été aussi étrange, cela aurait pu être reposant. Mais elle était trop occupée à mettre un pied devant l'autre. La tête lui tournait. Et elle mourait toujours de soif, malgré le seau d'eau reçu à la figure qui faisait goutter les mèches de ses cheveux. Elle mordit l'une d'elles pour en aspirer le précieux liquide. Ses pieds nus avaient atteint un paroxysme de douleur ; les grains humides s'étaient collés à sa peau et crissaient à chaque pas, en plus des plaies qui lui brûlaient la plante.

Concentrée sur sa marche, elle percuta l'homme qui s'était arrêté en face de la porte d'une des tours gigantesques : même lui semblait petit. Que dire d'elle, alors, du haut de ses dix années ? La porte s'ouvrit sans grincer. Kelya suivit le mage à l'intérieur, pas très rassurée d'entrer au milieu de quatre murs, elle qui n'avait toujours connu que les grands espaces du désert des Landes Noires, la luminosité des étoiles naissantes dans le ciel et l'odeur brûlée du sable tassé. La

Chapitre 3

porte claqua derrière elle sans que personne y touche. Son instinct primaire lui criait de fuir d'ici tant qu'elle le pouvait, mais sa raison l'exhorta à la patience. Ils gravirent les escaliers en colimaçon dans une obscurité presque totale, si ce n'était les jointures des pierres où passait la lueur de l'extérieur. Kelya manqua de tomber et se retint de s'accrocher à la toge de l'homme.

— On va où ? osa-t-elle demander maintenant qu'elle s'était rendu compte que personne n'allait lui lancer de pierres.

— Dans le bureau du Grand Mage.

Ah. Voilà qui ne la réjouissait pas d'avance. Elle n'avait aucune envie de se trouver face à un vieux grincheux. Et quand se finirait donc cet interminable escalier ? Soudain, l'homme poussa une porte et Kelya en eut le souffle coupé. Loin de se retrouver dans un bureau poussiéreux, à l'image du village de Linya, elle entra dans une pièce ronde, ouverte à tous les vents par un orifice dans le plafond. Du sable noir à profusion l'entourait alors que des verres colorés permettaient de voir l'extérieur. L'impression était saisissante : au lieu de se sentir enfermé comme dans les maisons traditionnelles, ici, ils se trouvaient au cœur du monde, en parfaite harmonie. Des étagères basses débordaient de parchemins et de livres reliés et embaumaient l'air de l'odeur du papier. Quelques chaises en bois en étaient recouvertes aussi et l'homme poussa une pile pour lui dégager une place. Il s'assit derrière le bureau verni, s'emparant d'une plume à peine son postérieur posé.

— Qui es-tu ?

— Kelya. Et toi, t'es le Grand Mage ?

— Oui, rit-il. Mais tu peux m'appeler Cornelius.

Les deux yeux dorés de ce dernier s'étirèrent avec son sourire. Il ne semblait pas si vieux que ça, ce grand mage. Il était même plus jeune que Tryss. Sans doute parce qu'il ne portait pas la barbe, mais un simple bouc. Cornelius lui offrit une outre d'eau qu'elle engloutit.

— Bien, petite souris. Sais-tu ce qu'on fait ici à Jarah ?

Kelya s'agaça. Elle venait de lui dire comment elle s'appelait, non ?

— Oui, vous apprenez la magie du démon.

— Il n'y a aucun démon en nous. Ce ne sont que les racontars d'ignorants qui ont trop peur de ce qu'ils ne peuvent même pas appréhender.

En une phrase, il avait insulté ses parents adoptifs : ce n'était pas des ignorants. Même s'ils avaient peur de son pouvoir, ils connaissaient maintes choses et les avaient transmises à Kelya.

— Non, protesta-t-elle.

Cornelius haussa un sourcil.

— Comment ça, « non » ?

Kelya ravala ce qu'elle allait dire. Elle n'était pas en position de protester. Cornelius pouvait décider de la renvoyer au désert à la moindre incartade.

— Explique-toi.

S'il ne lui laissait pas le choix, alors elle n'allait pas se faire prier.

— Avoir peur ne signifie pas qu'on est bête et ignorant. Il faut du courage pour recueillir quelqu'un comme moi en sachant tout ce que cela implique.

Le grand mage ne répondit rien, se contentant de la scruter de ses yeux dorés. Il jaugeait son âme.

— Petite souris… sais-tu lire et écrire ?

Kelya secoua la tête. Elle ne savait que compter les bêtes de leur tribu, rien de plus. Pourquoi apprendre à utiliser du parchemin quand on ne pouvait pas s'en servir dans le désert ? Le vent ou les grains de sable avaient tôt fait de le faire s'envoler ou de le ronger. Cornelius griffonna de nouvelles choses sur le sien avant de l'inviter à sortir. Ils passèrent une porte à la vitre colorée et marchèrent dans le désert noir, à flanc de falaise. Dans le reste des Landes, les grains noirs se mélangeaient à d'autres nuances. Le sable n'était pas aussi sombre qu'ici. Et heureusement, car sinon, la température y serait insupportable. Kelya suait déjà à grosses gouttes.

— Tu vois ce sable noir ? C'est sur lui que repose la puissance de Jarah. Nous n'avons pas besoin des perles vendues par les Ventiens. C'est plutôt nous qui leur fournissons la matière première pour les créer.

Comment les mages arrivaient-ils à extraire ces grains du désert pour les apporter là ? Kelya s'avança vers le bord du précipice, flirtant avec le danger. Du bord de la falaise, elle pouvait apercevoir la dizaine de maisons blanches adjointes aux quatre tours comme de minuscules êtres insignifiants. De la fumée s'élevait des cheminées, charriant l'odeur de viande. Son estomac gronda.

— Il y a quatre grands mages ?

Les trois tours voisines n'étaient pas aussi hautes que celle de Cornelius et s'interrompaient à flanc de falaise. Pour rejoindre leur hauteur, il fallait gravir un escalier douteux creusé dans la roche. Kelya se réjouit d'avoir emprunté l'escalier de la tour de Cornelius plutôt que ces passages dangereux.

— Non, les trois autres sont des mages représentant nos continents. Ils viennent de Tosolao, Nelor et Wawata. Je représente Swirith.

Trop de noms dont elle ignorait l'existence, comme si elle ne valait pas plus que les petites maisons en bas. Le vent poussait dans son dos. Si elle cessait de résister, ce serait si facile de tomber et d'arrêter la lutte. Mais la magie qui vivait en elle ne lui en laisserait pas l'occasion. Elle devait apprendre à la maîtriser pour reprendre le contrôle de sa vie.

Kelya trouvait du réconfort dans cette nouvelle vie. Si l'appel des dunes était toujours aussi fort, elle appréciait de ne pas devoir raser les murs. Ici, ils étaient tous comme elle. Peu d'entre eux avaient les yeux dorés, mais tous maîtrisaient la magie, ou du moins en avaient le potentiel. Après quelque temps dans la pension d'adaptation, elle pouvait enfin vivre à l'intérieur de l'une des maisons. Une des adultes, Hylma, la conduisit à une habitation plus proche des tours et aussi plus éloignée du désert. Elle lui ouvrit la porte et s'éclipsa avec un sourire.

— Voici Kelya. Je vous laisse faire connaissance avant le début des leçons.

Quatre paires d'yeux la dévisageaient.

— Salut !

— Moi d'abord !

Deux filles et deux garçons se poussèrent en riant. L'un d'eux tomba au sol dans la bousculade.

— Vous êtes qui ? interrogea Kelya.

— Tes nouveaux amis ! cria une des filles avec un large sourire.

Elle avait les joues rondes, mais le regard vif. Ses cheveux blonds couvraient à moitié son visage.

— Garrett, se présenta le garçon toujours debout, plus maigre et plus grand.

— Moi, c'est Holly !

— Jarod, dit celui qui était en train de se relever et époussetait sa toge orange.

— Et elle ? demanda Kelya vers la deuxième fille brune qui s'était éloignée de l'échange et ne pipait mot.

— C'est Zeyna, répondit Holly. Elle est un peu timide, mais super gentille !

Des bruits de pas à l'extérieur chassèrent le petit monde attroupé autour d'elle comme une nuée de volatyls.

— Morhass arrive !

Ils rejoignirent leur lit comme s'ils ne l'avaient jamais quitté, juste au moment où la porte s'ouvrait sur un homme à l'air taciturne. Sa moustache frémissait tandis qu'il les observait.

— Ne faites pas semblant, on vous entendait à deux rues.

Les mines malicieuses, ils remirent leurs sandales et le suivirent. Garrett se pencha vers Kelya et lui chuchota :

— Il a pas l'air comme ça, mais en vrai il est gentil, t'inquiète pas.

Le garçon se redressa avant de lui adresser un clin d'œil et elle se sentit à sa place pour la première fois de sa vie. Les autres enfants de son âge l'acceptaient telle qu'elle était. Ceux de sa tribu s'étaient toujours tenus à une distance respectueuse, malgré tous les encouragements de Tania.

Morhass les conduisit au pied d'une des tours, à flanc de falaise. Ses camarades se mirent aussitôt à pester tandis que Kelya essayait encore de comprendre à quelle sauce elle allait être mangée.

— Grimpez.

Kelya se positionna en ligne avec les autres, jaugeant de bas en haut ce qu'elle était censée escalader. C'était aussi lisse que les dunes du désert. Il n'y avait pas de prises.

— Partez !

Kelya tendit ses mains sur la paroi, mais une ombre couvrit la sienne.

— Pas comme ça. Avec ta magie.

Morhass se recula et adopta un ton plus dur, mais ferme :

— Allez ! Ouvrez vos mathiaks !

Qu'était un mathiak ? Un autre nom du démon ? Son pouvoir, lui, coulait dans ses veines aussi facilement que son sang. Il suffisait de le laisser s'échapper. Mais elle hésitait. Et si elle n'arrivait pas à reprendre le contrôle ? Garrett était en train de s'élever doucement avec une motte de terre qui poussait sous ses pieds. Les autres avaient les yeux plissés, la mine fermée, concentrés à l'excès comme s'ils allaient aux toilettes. Kelya s'esclaffa.

— Essaie de me battre, Kelya ! cria Garrett qui continuait à grimper.

S'il s'agissait d'une compétition, elle pouvait tenter sa chance, en espérant ne pas perdre le contrôle. Elle était là pour apprendre, après tout. Kelya lâcha la bride au démon et aussitôt, les grains dorés familiers s'envolèrent de ses doigts. Ils s'enroulèrent autour de ses pieds, créant une minitornade qui la poussa vers le haut à toute vitesse. Trop vite !

Une exclamation lui échappa, mais soudain, quelque chose la rattrapa à la volée. Une main faite de terre. Morhass agita les doigts pour la faire redescendre doucement au sol, contrôlant la main de terre comme si elle était une extension de ses doigts. Celle-ci se volatilisa dès que Kelya toucha le sol. Ne restèrent que des morceaux de boue. Il l'examina ensuite d'un air appréciateur, alors qu'elle tentait de diminuer les battements de son cœur.

— Ta magie est puissante, mais tu ne contrôles rien. Tes émotions t'emportent.

Un nouveau cri stoppa les envies de Kelya de l'interroger plus avant. Holly était trempée, alors que le ciel était bleu et clair.

— C'était pas ce que je voulais ! pesta-t-elle.

Zeyna envoya ses mains vers elle, soufflant une brise d'air pour la sécher. Même si avec le soleil du désert, ce n'était pas vraiment nécessaire. Jarod s'était assis dos à la roche, ignorant les élucubrations diverses de ses amis.

— Le mathiak demande du temps pour se maîtriser. Le fait qu'un élément naturel se manifeste à toi est déjà un beau progrès. Certains attendent des années avant de trouver le leur, d'autres n'y parviennent jamais. Reste à le contrôler…

Le contrôle était exactement ce que Kelya désirait.

— C'est quoi le mathiak ? demanda-t-elle à Morhass.

Le mage se tourna vers elle.

— Notre conscience magique. Une porte de l'esprit qui te permet de contrôler tes émotions et de puiser en elles. Quand tu utilises la magie, n'imagines-tu pas un lieu en pensée, un flux coloré ?

Kelya secoua la tête. La magie lui était aussi naturelle que de respirer. Morhass haussa les sourcils.

— Même pas une porte ? Rien du tout ?

— Non, je n'ai pas besoin de réfléchir. Le dém… Ma magie agit seule, comme si elle était vivante.

— Tu es un cas rare, Kelya. Mais sans le mathiak, tu ne contrôles rien. Il va te falloir apprendre à visualiser cette porte pour pénétrer dans ton espace intérieur qui t'est propre.

Kelya plissa le front pour espérer absorber toutes ces informations. Une porte dans sa tête ? Les mages étaient-ils donc tous fous ?

— Hé ho !

Garrett les appelait du haut de la falaise, avec un sourire qui se voyait à des kilomètres.

— Vous êtes plus petits que des insectes !

— Toi-même ! répondit Kelya.

Garrett s'approcha du vide, mais Morhass lui ordonna de prendre les escaliers de la tour pour descendre.

— En classe, tout le monde.

Kelya rattrapa le mage sur le chemin pour en savoir plus, tandis que ses camarades félicitaient l'exploit de Garrett.

— Et après ? Quand je verrai cette porte ?

— Quand tu l'auras trouvée, il te faudra l'ouvrir. Puis, tu imagines un lieu qui te rassure. Moi, c'est le port de Merssyska où j'allais pêcher avec mon père toutes les semaines. Je stocke mes émotions et leur pouvoir dans le seau à appâts.

— En quoi ça aide à contrôler la magie ?

— C'est toi qui décides d'ouvrir la porte et de laisser sortir le flux de pouvoirs.

— Le flux ?

— Un long serpentin coloré. Il puise son énergie dans les émotions ressenties au cours de la journée et peut agir sur les éléments naturels : l'eau, la terre, le feu…

— Le sable ?

— Oui, c'est un dérivé de la terre.

Pour la première fois de sa vie, Kelya découvrait une manière de tenir le démon en laisse : trouver sa porte intérieure pour que le sable lui obéisse à volonté. Ne restait qu'à apprendre comment.

Kelya s'adaptait peu à peu à la vie de Jarah. Mais un besoin irrépressible grandissait : le désert lui manquait. Se tenir tranquille aussi longtemps relevait déjà d'une prouesse pour elle. Un soir, alors que le ciel se parait des couleurs du crépuscule, elle faussa compagnie à son dortoir et s'échappa par la fenêtre de la maison. Le garde à l'entrée de Jarah ne lui adressa pas un mot : à croire qu'il était muet. Devant elle, les dunes s'élevaient. Fortes, fières. Elle n'avait qu'à faire un seul et unique pas pour franchir l'enceinte de la cité. Rien qu'un et elle rentrerait.

— Kelya !

Garrett. Il ne tarda pas à arriver à sa hauteur. Ses joues étaient rouges, preuve qu'il avait couru.

— Tu devrais pas sortir la nuit.

Chapitre 3

Elle le dévisagea. Il ne souriait pas. Il était sérieux. Pourtant, les règles étaient faites pour être contournées de temps en temps.

— Pourquoi ?

— C'est dangereux, c'est tout. Le Grand Mage l'a dit.

Tellement dangereux que le garde ne l'empêchait même pas de sortir et que la porte restait grand ouverte ? Le ciel était clair, aucune tempête n'arriverait dans l'instant. Il n'y avait que l'azel pour surprendre et il serait facile de retourner à l'abri s'il se manifestait.

— J'ai pas peur du désert ni de Cornelius.

— Tu devrais !

L'appel du désert était plus fort que tout. Là, à portée de ses doigts. Kelya avança et aussitôt, la chaleur accumulée dans la journée la frappa. Quel pouvoir œuvrait donc dans Jarah pour empêcher la température d'y grimper ? Elle ne s'en était pas rendu compte jusqu'alors, pétrie dans un cocon doux et étroit. Le souffle chaud la salua comme une mère accueille son enfant. Voilà sa maison. Elle respira d'aise et laissa venir les grains dorés à elle. Ici, elle pouvait lâcher la bride au démon. Il n'y avait rien d'autre que des dunes à modeler. Il lui fallait mettre à l'épreuve son pouvoir, tester si ce qu'elle avait appris suffisait à contrôler sa magie. Les grains dorés s'enroulèrent doucement autour de ses doigts, comme la caresse d'une brise.

— C'est interdit d'utiliser la magie seule !

Après des jours d'essais infructueux à tenter de visualiser une porte dans son esprit, Kelya avait besoin de revenir aux sources : se sentir forte, puissante, invincible. Elle était convaincue que son mathiak ne pouvait lui apparaître qu'en invoquant le démon. Lui seul pouvait lui montrer la voie comme il l'avait fait tant de fois. Elle envoya les grains dorés devant elle, soulevant le sable et se glissant dans la poussière des dunes.

— Kelya !

Garrett pouvait bien hurler, elle ne s'arrêterait pas. Un village entier s'était ligué contre elle, rien qu'une voix ne pouvait rien. La réelle maitrise était de laisser le démon jouer sur son terrain favori. Les grains dorés virevoltaient devant elle, dans une douce mélopée glissante provoquée par le frottement du sable. Elle intensifia son pouvoir et créa une minitornade de sable. Le démon répondait à son appel. Elle exaltait. Oui !

— Kelya !

Elle se retourna vers celui qui troublait son moment de paix et s'arrêta net, terrifiée. Loin de rester devant elle, le sable contrôlé par ses mains entourait Garrett et resserrait sa prise petit à petit, comme s'il... l'étouffait.

— Non !

Le démon avait outrepassé ses droits. Au lieu de se contenter de jouer dans les dunes, il avait étendu sa mainmise hors du contrôle de Kelya.

— Arrête !

Garrett ne criait plus. Sa tête devenait bleue.

— Arrête !

Kelya agita les poings, gesticula, lança ses bras... Rien ne cessait. Son pouvoir ne répondait plus. Le démon n'écoutait plus. Garrett disparaissait derrière une volute de sable. Kelya s'y précipita pour l'extraire. Le démon l'éjecta. Elle effectua un vol plané et s'étala.

— Arrête ! Arrête ! Arrête !

Des larmes sans fin coulaient le long de ses joues. Elle ne pouvait rien faire d'autre qu'assister à l'agonie de son ami. Ses doigts déchirèrent le sable. Elle frappa le sol. Hurla encore et encore.

Soudain, tous ses sens s'assourdirent. Elle ne voyait plus rien. Ne sentait plus rien. N'entendait plus rien. Son pouvoir s'échappait d'elle, aspiré par une force plus grande. Sa magie était extraite, consumée dans un grand vide.

— Assez ! claqua la voix puissante de Cornelius.

La lumière revint. Le Grand Mage en personne se tenait devant elle. Garrett était inanimé, violet, inerte. Il ne bougeait plus. Deux adultes coururent vers lui. Cornelius l'empêcha de faire de même d'une main ferme, posée sur son torse.

— Est-ce qu'il…

— Dans mon bureau.

Son ton froid était sans appel. Kelya le suivit. Elle ne discerna que les orteils de Garrett sans savoir… si le démon l'avait tué. Si une fois de plus, sa magie avait envoyé un être vivant à la mort. Elle ne s'en remettrait pas. Tout ça pour une expérience stupide. Le démon était dangereux. Elle ne devait plus le laisser sortir.

Cornelius avançait devant elle, sans un regard en arrière. Kelya passa devant le garde qui ne broncha toujours pas et suivit ses longs pas.

— Il m'a pas empêchée de sortir !

Comme si accuser quelqu'un d'autre pouvait alléger sa faute.

— Ce n'est pas une prison. Partent ceux qui le veulent… Il sert à empêcher le danger d'entrer.

Pas à le laisser sortir. Kelya comprit le message et déglutit. Allait-il la chasser ? Cornelius ne dit plus un mot jusqu'à la grande tour. Elle gravit chacune des marches comme une lente procession vers son bûcher. Dans la pièce, les rideaux tirés les coupaient du monde. Elle était, isolée, cloitrée dans cette enclave contre la falaise, au milieu de gens formatés à pratiquer. Le mathiak ne fonctionnait pas pour elle et pourtant, on ne cessait de lui en rabâcher les oreilles. Cornelius la laissa seule, toujours sans un mot. La porte claqua derrière lui.

Kelya tendit l'oreille pour suivre les pas qui s'éloignaient, puis plus rien. Ne restaient qu'elle et la multitude de parchemins qu'elle peinait encore à déchiffrer. À quoi bon lire ce que d'autres pouvaient lui raconter ? Au lieu d'explorer cet amas de papiers, elle descendit de sa chaise, abandonnant ses sandales au sol. Elle se glissa sous le rideau. À travers les vitres colorées, le sable noir la défiait de l'utiliser. Démon.

Kelya refusait de risquer un autre drame. À la place, elle ouvrit la porte vitrée et se faufila au-dehors. Elle posa la paume de sa main contre les grains étrangement froids et y déversa ses émotions. Le sable noir absorba la douleur qui la grignotait petit à petit. Elle rêvait à sa vie d'avant, insouciante parmi sa tribu. Tania et Tryss la grondaient aussi parfois, mais sans jamais hausser la voix. Certes, elle avait fait du mal à Garrett. Mais qui gênait-elle à jouer dans le désert ? Pourquoi fallait-il à ce point respecter des règles et la place du soleil dans le ciel ? Des larmes coulèrent le long de ses joues. Elle détestait obéir sans logique. Elle détestait se taire et écouter dans l'espoir qu'on lui jette quelques miettes de savoir, patienter pour qu'enfin on lui apprenne comment maîtriser le démon qui ne cessait de grandir en elle. Elle détestait son évolution. Elle se détestait. Tania et Tryss aimeraient-ils encore la personne qu'elle devenait en ces murs ?

Le claquement d'une porte la sortit de son sommeil. Elle s'était endormie à même le sol du bureau, la tête sur une pile de parchemins. À son bureau, Cornelius lisait une lettre frappée d'un sceau émeraude. Elle l'avait déjà vu sur une bague, aux doigts de quelqu'un… Mais de qui ? Kelya se redressa et s'assit sur un tabouret vide. Le silence s'éternisait. Avait-elle raté son unique chance d'apprendre à contrôler le démon ? Elle baissa la tête. Ses mains étaient moites. Les mots se bousculaient en elle : comment allait Garrett ? Que lui avait-elle fait ? Est-ce qu'il allait la jeter ? Ou se posait-il juste la question ?

Chapitre 3

— Je devrais te renvoyer dans le désert pour ce que tu as fait à Garrett.

Des excuses maladroites franchirent ses lèvres. Cornelius les balaya d'un geste agacé.

— Mais ce serait envoyer un danger ambulant dans les villages. Les mages n'ont pas besoin que tu fasses croire au monde que nous ne savons pas contrôler notre magie.

Ses épaules se relâchèrent. Ses muscles se détendirent. Alors, elle pouvait rester ? Cornelius s'approcha d'elle, charriant un arôme doux et épicé. Ses doigts rugueux saisirent son menton pour que leurs regards se croisent. Elle, petite souris ; lui, de toute sa hauteur.

— Seulement... si jamais tu causes encore le moindre problème... c'est un portail que j'ouvrirai pour te jeter sur Terre. Et tu verras comment le peuple de ce monde traite les gens porteurs de magie. Ils sont pires que les villageois rustres au-dehors. Bien pires.

Kelya déglutit. Elle ne voulait pas revivre d'autres scènes similaires.

— Est-ce que je me suis bien fait comprendre ?

— Oui, Cornelius.

— Non, je suis le Grand Mage, Kelya.

— Oui, Grand Mage.

Il se recula sans cesser de la fixer. Le message était clair. Il l'avait à l'œil.

— Garrett ?

— Il est avec les soigneurs.

Alors, il n'était pas mort. Kelya n'était pas détendue pour autant. Et s'il la détestait maintenant ? Accepterait-il seulement de lui adresser la parole ?

Kelya n'accéda à l'espace de soins que le lendemain. Les soigneurs refusaient d'être dérangés et donner des nouvelles à la personne coupable n'était pas dans leurs options. Aussi Kelya avait-elle patienté toute la nuit devant la porte de l'officine, guettant de l'oreille les soupirs des blessés. Peut-être que l'un d'eux était Garrett et lui indiquerait son état de santé.

Elle ne dormit pas une seule fois, cherchant dans les étoiles sa rédemption à défaut de pouvoir se racheter. Elle changea une énième fois de position pour soulager ses pieds engourdis quand Hylma la délivra enfin de l'attente.

— Toujours là ?

Kelya se redressa d'un bond, comme si cette nuit sans sommeil n'avait pas existé.

— Tu peux entrer.

Hylma lui barrait cependant l'accès à la porte. Ses yeux la jaugeaient et l'accusaient sans bruit. Kelya baissa la tête et attendit.

— Mais je te préviens, il n'est pas beau à voir.

Kelya hocha la tête et se faufila dans l'espace qu'Hylma lui laissa.

— Et peut-être ne seras-tu pas la bienvenue… murmura-t-elle à son passage.

Kelya ignora cette dernière remarque. Que Garrett le veuille ou non, elle allait…

Ses pas s'arrêtèrent net. Le corps était emballé dans des bandages de la tête aux pieds. Seuls des yeux gonflés, des narines et une bouche si fine traversée par un tube restaient visibles. Il était en vie… mais à quel prix ?

— Ga… Garrett ?

C'était elle qui avait fait ça ? Elle faillit perdre l'équilibre et se rattrapa au mur. Son cerveau peinait à analyser ce que ses yeux lui renvoyaient. Le démon pouvait détruire à ce point ? Qu'était-elle ? Méritait-elle encore de vivre ?

Elle n'obtint qu'un marmonnement de la part de sa victime. Les yeux clairs la fixaient sans ciller.

— Je… Je voulais te dire que je suis désolée. Ça ne devait pas se passer comme ça. J'ai perdu le contrôle. Je… Je t'aiderai à guérir. C'est promis.

Ses paupières se fermèrent comme un assentiment. Il était difficile d'espérer mieux. Kelya quitta la petite pièce et repartit en sens inverse. Hylma se trouvait toujours à l'entrée. Ses yeux l'accusèrent et Kelya eut besoin de tout son courage pour l'interroger sans baisser le regard.

— Qu'a-t-il ?

— Le sable a provoqué de graves brûlures. Sa peau est détruite.

Brûlé. Elle ignorait que ce genre de blessure était possible. Ignorait même que le démon pouvait détruire à ce point. Pourquoi sa magie s'en était-elle prise à son ami ? Si seulement elle avait su, si seulement elle avait écouté Garrett au lieu de n'en faire qu'à sa tête…

— Vous ne pouvez pas le guérir avec la magie ?

Ils se trouvaient à Jarah, la ville qui accueillait tous les mages des Landes Noires.

— Il nous refuse l'accès. Son mathiak reste porte close.

— Comment ça ?

Kelya ignorait tout du processus de soins. Elle pensait jusqu'alors que le mathiak était propre à soi, très personnel. Qu'il soit fermé n'avait rien d'étonnant, Garrett n'était pas en état de pratiquer. Hylma soupira et daigna lui expliquer :

— Pour guérir quelqu'un d'autre par la magie, nous devons pouvoir entrer dans son propre mathiak. Pour ça, nos deux portes doivent s'ouvrir et se connecter. Ainsi, la magie peut circuler d'un corps à l'autre et réparer les lésions en profondeur.

— Pourquoi est-ce qu'il ne vous laisse pas entrer ? C'est pour lui !

— Le mathiak est lié aux émotions. Tant qu'il n'acceptera pas psychologiquement d'être guéri par la magie, et donc de laisser la magie de quelqu'un d'autre le toucher, nous serons impuissants. D'habitude, ce genre de réaction traumatique se retrouve chez les guerriers, pas…

Hylma se tut et secoua la tête. Les implications étaient claires : Kelya avait failli le tuer, comme si elle l'avait attaqué sciemment dans un combat. Hylma retourna à ses patients et ses recherches, laissant Kelya pantoise sur le pas de la porte. C'était de sa faute. Le démon avait été tellement violent que l'esprit de Garrett refusait même qu'on le soigne. Non, son pouvoir n'y était pour rien. Elle en était l'origine. Elle était le véritable démon. Incapable du moindre contrôle. Tout ça pour satisfaire une envie égoïste… Son premier ami la détestait déjà. Garrett ne la pardonnerait jamais. Elle non plus.

Comment se pardonner à soi-même quand tous ses actes n'attirent que malheur ? Elle aurait pu éviter la mort de sa tribu, éviter les blessures de Garrett. Éviter de naitre, peut-être…

Plus les jours passaient, plus Kelya se morfondait. Elle allait voir Garrett chaque jour et chaque jour, ses yeux clairs la fixaient l'air de dire : « C'est ta faute tout ça. » Elle s'excusait encore et encore, mais ses mots n'étaient que du vent. Ils ne lui suffiraient jamais à se racheter. Au bout d'une semaine, les soigneurs cessèrent d'accéder au mathiak de Garrett, se contentant de changer les pansements et attendant que la peau guérisse naturellement. Chaque manipulation était une souffrance pour Garrett dont les hurlements emplissaient les oreilles de Kelya même dans son sommeil.

Chapitre 3

Elle se forçait à être là à chaque session, comme si elle pouvait absorber la douleur à sa place. Le processus de guérison était lent, horriblement lent. La gorge de Garrett avait été touchée, comme le reste du corps, et il ne s'exprimait toujours pas devant elle.

— Ta présence est inutile, lui dit un jour Hylma. Tu te détruis toi-même à petit feu et je ne suis pas sûre que cela lui fasse du bien de te voir.

— Je dois être là, insista Kelya.

— Non. Je te demande de ne plus venir. Garrett doit se rétablir… sans toi.

Mise à la porte de l'officine, Kelya ne reprit pas ses leçons pour autant. Elle n'osait pas utiliser sa magie, de peur de provoquer une nouvelle catastrophe tant que la porte de son mathiak ne lui apparaissait pas. Désœuvrée, elle commença à explorer les rayonnages de la bibliothèque. D'abord pour chercher à comprendre son propre mathiak, puis, au fil de ses lectures, elle se dirigea vers la connexion entre deux mathiaks distincts. Sans que le processus soit conscient, elle alla plus profondément dans les parchemins traitants de la guérison. Ses capacités en lecture, laborieuses, s'améliorèrent de jour en jour et elle dévora bientôt les ouvrages toute la journée durant jusqu'à ce que la nuit tombe et l'empêche de poursuivre.

Si elle ne pouvait aider Garrett physiquement, peut-être pouvait-elle trouver une solution à son mal-être et lui permettre d'ouvrir à nouveau son mathiak. Alors, les soigneurs pourraient le guérir et sa faute s'alléger.

Au bout de trois lunes, Garrett l'attendait devant la bibliothèque. Kelya lâcha sa pile de parchemins et le dévisagea. Sa peau était toute craquelée, marquée par les brûlures du sable. Ses traits étaient reconnaissables, mais toute la beauté de sa jeunesse s'était effacée au profit d'une peau vieillie et ridée.

— Je suis un monstre, hein.

Même sa voix s'était modifiée, plus grave, enrouée. Chaque mot peinait à s'extraire de sa gorge. Kelya déglutit et se força à détourner les yeux. Elle ne devait pas l'inspecter autant ; ses blessures n'étaient pas un spectacle.

— Je suis désolée.

— Je sais, tu me l'as répété pendant des jours.

Il ne dit rien de plus, fixant ses parchemins. Il ne lui avait pas pardonné, mais pourquoi était-il venu la trouver ?

— Regarde-moi ! hurla-t-il.

Kelya sursauta et obéit. Cette vue lui était insupportable. Elle l'avait causée. Elle ne pouvait soutenir son regard.

— Regarde-moi ! hurla-t-il encore dans un sanglot.

Kelya secoua la tête, se détournant du mal qu'elle avait créé. Des adultes accoururent et emmenèrent Garrett. Ses cris et ses pleurs lui donnèrent encore plus de motivation : elle trouverait son remède, elle trouverait. Quitte à y vouer sa vie.

Malgré tous ses efforts et son acharnement, trois lunes passèrent encore sans que Kelya trouve le moindre remède. Chaque rencontre avec Garrett était un désastre : soit il se morfondait, soit elle s'excusait sans relâche, ou les deux à la fois. Elle cessa de le voir jusqu'à ce qu'il revienne de lui-même : plus calme et en acceptation avec ce qu'il était devenu. Les longues discussions avec les soigneurs avaient porté leurs fruits.

Chapitre 3

— Je ne t'en veux plus, Kelya. Plus vraiment. Je dois apprendre à vivre avec ça, j'en ai marre d'attendre d'aller mieux.

Si le pardon n'était pas total, au moins la vie reprit son cours. Kelya devint l'ombre de Garrett. Elle le suivait partout, prête à l'aider au moindre besoin. Elle lui portait ses livres, attrapait ce qu'il lâchait et le collait aussi sûrement que de la poix. Jusqu'au jour où Garrett la percuta en faisant demi-tour parce qu'elle se trouvait trop près.

— Tu vas me suivre encore longtemps ? explosa-t-il.

Kelya ramassa à toute allure les livres tombés dans la collision. Les yeux clairs de Garrett, eux, n'avaient pas changé, mais elle ne parvenait plus à soutenir son regard.

— Arrête de ramasser les livres !

Il envoya valser la pile qu'elle avait rassemblée. Kelya se tint coite, bras ballants, dansant d'un pied à l'autre.

— Mais réagis ! Arrête d'être comme ça !

— Comme ça… quoi ?

— Comme si j'étais un vieux malade ! J'vais bien ! C'est bon, je te pardonne pour deux générations ! Mais arrête ça ! Redeviens normale !

Kelya attendait son pardon depuis un moment. Mais cela ne changeait rien à ses yeux, car elle n'avait toujours pas trouvé le remède. Elle ne s'était pas rachetée. Mais Garrett avait cessé de lui envoyer sa faute au visage. Il ne hurlait plus en sa présence, lui parlait comme avant. La seule qui restait encore accrochée à ce drame, c'était elle.

— Je…

— Je préférais encore quand tu allais dans le désert, crasik !

Garrett la planta là, fulminant à voix basse. Kelya resta pantoise un moment. C'était quoi, agir normalement ? Elle n'avait jamais su, à vrai dire. Elle avait toujours été hors norme, à part. Ah.

Avec un visage souriant, elle courut pour le rattraper. Une fois à sa hauteur, elle ne ralentit pas et le bouscula.

— Le dernier arrivé à la falaise est une limace !
— Limace toi-même ! répliqua Garrett avec un large sourire.

Chapitre 4

À travers la forêt

Le cri fonçait droit sur Elias. Il hurlait de terreur. Hurlait, hurlait. Ses tympans sifflèrent. Quelque chose lacérait sa peau. S'accrochait à lui. Quelque chose… d'humain. Elias tomba de son rocher, emmenant son agresseur avec lui.

— Hé !

La voix d'Isaac. Son odeur se mêla à celle de la forêt et tout à coup, Elias se sentit libéré du poids qui l'oppressait. Une masse sombre se détacha de lui et disparut. Quoi ? Avait-il vraiment vu quelque chose ? Dans la panique, son esprit déraillait. Elias poussa sur ses mains pour se redresser, des feuilles humides collées à son dos. Isaac berçait la chose qui pleurait.

— Isaac ?

Ses battements de cœur se calmèrent. Cela n'avait pas l'air si dangereux. Il s'approcha doucement des bruits, bras tendus vers l'avant. Un pas après l'autre, il contourna la chaleur du feu qui réchauffait son visage. Ses pieds butèrent sur un obstacle inconnu, aussitôt identifié par ses mains comme une bûche ronde et rugueuse. Il l'enjambait quand Isaac lâcha :

— Rien qu'un môme.

Ici ? En plein milieu de la forêt ? À une journée de marche de Kyrina ?

— Quoi ?

— Tiens-le.

Un bruissement de tissu plus tard, Elias se retrouva assis sur la bûche, un poids chaud contre son torse. Le petit corps renifla et s'agrippa à lui. Des cheveux doux et bouclés chatouillèrent ses narines avec une odeur de terre et un mélange de savon. Isaac s'agitait derrière eux, fouillant parmi les broussailles. Il jeta quelque chose aux pieds d'Elias.

— Sa chaussure. J'reviens.

Décidément, ce petit lui ressemblait. Elias glissa au sol, tenant l'enfant assis sur la bûche. Ce dernier ne desserrait pas les doigts qui tenaient son manteau. En digne contorsionniste, Elias attrapa du bout des siens la chaussure et tâtonna pour trouver le pied esseulé. Le petit rit, sans doute chatouillé par ses mouvements hasardeux. Elias insista et l'enfant éclata de rire. Un sourire gagna ses propres traits. Il enfila la chaussure sur son pied et la laça péniblement. C'était plus simple sur les siens. Il s'y reprit à plusieurs fois avant de réussir à passer le fil dans la boucle et serra le tout.

— Comment t'y t'appelles ?

— Elias.

— Moi, c'est Maël !

Comme le Maelström ? Qui avait eu l'idée saugrenue de nommer son enfant ainsi ? Sans doute une mère qui ne devait pas beaucoup l'apprécier pour le considérer comme le mal le plus profond de Thera. Il imaginait cependant sans peine la bouille malicieuse du garçon.

— T'as quel âge ?

— Treize ans.

— Moi, cinq ! J'allais passer le test de Pratchett !

Chapitre 4

Le test. Elias avait détesté ce jour-là. Il voyait encore, à l'époque. Ses parents n'avaient pas arrêté de lui mettre la pression. « Fais de ton mieux, mais surtout ne deviens pas Usuel ! » Voilà le genre de phrase que pouvait dire son père. Comme si les Usuels étaient moins importants que les autres, parce que leur magie était plus faible. Le test mesurait la quantité présente dans leur sang et évaluait leurs aptitudes futures. Cela pouvait évoluer en grandissant, mais jamais personne n'avait dépassé le stade attribué par le test. Tous les enfants de six ans le passaient. Les plus forts entraient dans les Ordres de prêtresse ou de sorciers pour développer leurs sorts ou se vouer aux dieux. Les suivants devenaient Assistants, ils créaient tous les outils magiques nécessaires, tels que l'impri-parch' ou la longue vision, inspiré des créations terriennes. Ils pouvaient aussi devenir soigneurs. Ensuite venaient les Usuels, souvent des classes plus pauvres qui utilisaient les outils créés par les Assistants pour construire, distribuer ou écrire. Ceux qui ne possédaient pas assez de magie pour manipuler ces outils se retrouvaient au rang des Ressourciers, condamnés à utiliser la force brute de leur corps pour procurer le matériel nécessaire aux autres castes.

— Tu voulais devenir quoi ? demanda Elias.

— Sorcier ! Le plus fort de tous les temps !

Sans surprise, comme tous les petits garçons. Un bruissement de feuilles signala le retour de Isaac.

— Y a rien.

— Si. Y avait une madame qui me regardait avec sa grande cape !

Une branche, sans doute. Dans la nuit, tout était trompeur.

— En plus, elle avait un chien, très, très gros, avec plein de dents !

Un chien ? Comme celui de son cauchemar ? Isaac grommela qu'il n'en savait rien et poussa le petit pour s'asseoir à côté de lui. Elias refit marche arrière jusqu'à son caillou, avec une prudence qui le ralentissait au plus haut point. Si seulement il n'avait pas besoin de toutes ces simagrées pour retourner s'asseoir…

— T'as quoi ? demanda Maël.
— Rien.

Ce mioche allait lui faire regretter le calme taciturne d'Isaac.
— Elias est aveugle.

L'enfant s'acclimata à leur groupe sans aucun problème, comme s'il avait toujours voyagé avec eux. Il était incapable de dire où se trouvait sa mère et avait espéré la retrouver dans la forêt. D'après ce qu'avait compris Elias entre les lignes, Maël était seul depuis plusieurs jours, à errer dans les rues de Kyrina. Il s'était nourri de ce qu'il avait trouvé, évitant par chance les personnes les plus mal intentionnées, à moins que les autres adultes l'ayant croisé aient choisi de l'ignorer volontairement : un enfant dans cette situation de crise était un poids mort à porter.

Maël était extrêmement bavard et Elias peinait parfois à démêler ses propos tant il sautait du coq à l'âne. Mais il devait bien reconnaître que le garçon lui changeait les idées et l'aidait à oublier son propre drame.

— Pause, lâcha Isaac.

Elias tâtonna autour de lui, jusqu'à trouver un support pas trop humide pour s'asseoir. Une souche pourrie entourée de mousse verte. Il était épuisé. Ses pieds criaient grâce. Maël ne restait pas en place et parlait tout seul avec un bâton en frappant un tronc d'arbre.

— Prends ça, le trou, prends ça !
— Isaac ? demanda Elias. Dans quel port seront mes parents ?
— Le port le plus proche est Zernyth, mais…

Chapitre 4

— Quoi, « mais » ?

— Mais Beth et Yvan n'y seront pas. Les portails s'écroulent.

Comment son oncle pouvait-il affirmer aussi froidement qu'Elias ne reverrait jamais ses parents ? Ils avaient forcément trouvé un moyen de le retrouver, ils allaient rentrer, ils étaient partis pour lui. Les mots restaient coincés dans sa gorge. Il ne pouvait exprimer à voix haute le doute qui le hantait depuis leur départ : et s'ils l'avaient vraiment abandonné ? Comme les enfants dans ces contes terriens, lâchés dans la forêt ?

— Ils… trouveront un moyen, articula-t-il.

— Sans portail pour revenir sur Nelor… Ils vont devoir emprunter une autre route pour revenir sur Thera en passant par un autre continent.

Elias secoua la tête. Non, il ne pouvait accepter ce schéma.

— Ils trouveront, répéta-t-il.

Isaac ne répondit rien. Si ses parents mettaient des mois à le retrouver… Même avec ce fameux remède en leur possession, Elias devrait attendre des mois pour retrouver la vue. À condition que leur vieille légende soit vraie. Elias ne pouvait compter sur toutes ces hypothèses. Il ne pouvait dépendre ainsi d'Isaac jusqu'à leurs retrouvailles. Et puis, il ne supportait plus de frémir à chaque pas, de peur que quelque chose lui tombe sur le coin du nez ou qu'il ne voie pas venir un obstacle. Il devait agir. Elias se baissa et fouilla dans les feuilles humides pour trouver un bâton.

— Aïe !

Ses doigts avaient rencontré des ronces. La chance lui souriait toujours…

— Maël ?

— Oui !

Des pas pressés se faufilèrent sur les feuilles qui craquèrent.

— Tu veux bien me donner ton bâton ?

— Oui, mais t'fais attention ! C'est le bâton de la mort qui tue !
— Promis, il va m'aider.

Elias réceptionna le bâton, prenant un coup sur la tête au passage grâce à la délicatesse de Maël. Il glissa ses doigts le long du bois, évaluant sa taille et sa robustesse, même s'il n'y avait pas vraiment de doute sur ce dernier point vu le temps que Maël avait passé à le frapper contre le tronc. Son odeur flottait toujours près de lui ; il l'observait. Son regard pesait sur lui.

Elias posa le bâton sur ses cuisses et se concentra. Il ouvrit son mathiak et entra dans sa conscience magique. Quel bonheur de voir, même si ce n'était qu'en pensée ! Son esprit représentait sa maison à Kyrina, comme s'il se trouvait sur son toit, avec la vue de la ville entière et toutes les tours d'habitations qui la composaient. Il appela à lui la réserve d'émotions qu'il stockait dans son ciel rosé du crépuscule. Elle était pleine à ras bord, pas étonnant avec tout ce qu'il avait vécu dernièrement.

Les flux multicolores paressaient dans son ciel et il n'avait qu'à tirer dessus comme des fils pour les utiliser. Une manœuvre qu'il n'avait plus effectuée depuis l'arrêt brutal de ses études. Il avait besoin de confiance verte pour que le bois lui réponde et de surprise bleue pour qu'il détecte les obstacles. Deux émotions qui n'étaient pas liées. Il lui fallait passer par la peur noire pour les gérer ensemble.

Elias matérialisa le bâton dans son esprit, au même endroit qu'il le sentait dans la vie réelle. Puis, il tissa les fils verts et bleus autour avec minutie. La confiance s'enroula plus fortement à une extrémité et la surprise à l'autre. Au milieu, le fil noir les liait. Il noua le tout et jeta un œil à son ciel. Les flux s'étaient presque tous dissipés, signe qu'il avait utilisé plus d'énergie que prévu.

Elias referma la porte de son mathiak et s'éjecta de sa conscience. Le rien du réel le frappa à nouveau de plein fouet. Rien : ni noir, ni gris, ni blanc. Juste rien. Vivre sans couleurs est un supplice de chaque instant quand on les a connues si vivaces. Il soupira et se redressa pour tester son œuvre. Le bâton réagit avant de toucher la racine en vibrant. Tant qu'il aurait assez de peur pour l'alimenter, il s'éviterait de se prendre les pieds dans tout et n'importe quoi. Il devrait le recharger régulièrement, car ses pouvoirs d'Assistant n'étaient pas assez puissants pour créer des objets éternels, mais cela suffirait.

Grâce à cet outil, il se déplacerait plus facilement. Cependant, le bâton ne lui éviterait pas ces drôles de visions qui lui parvenaient. La silhouette sombre qu'il avait aperçue l'inquiétait. Ce quelque chose qu'il n'aurait pas dû pouvoir distinguer. Soit sa vue lui revenait, soit… il tombait dans la folie.

La marche reprit sous le bruit de la pluie qui gouttait à travers les feuillages. L'humidité perçait ses chaussures de toile et Elias avait l'impression de ne même plus se souvenir de ce que ça faisait de vivre sans avoir les doigts gelés. Son bâton n'était pas aussi efficace qu'il l'aurait cru. Il vibrait pour tout et n'importe quoi, bien trop sensible pour lui être vraiment utile. Il détectait n'importe quel mouvement de feuille ou même quand le souffle du vent était trop fort. L'outil tremblait littéralement à chaque impact. Il avait surchargé la dose de peur nécessaire à son utilisation.

Surtout, sa petite prouesse avait bien entamé ses réserves d'énergie et il peinait à suivre l'allure d'Isaac. Maël ne l'aidait pas à se focaliser sur les bruits de pas : il ne cessait de courir dans tous les sens comme un chiot, trop inconscient du danger qui les guettait. Le sol pouvait s'effondrer à tout moment.

Encombré par son bâton qu'il finit par caler sous son bras, mains tendues en avant, le souffle d'Elias s'accéléra comme s'il était en train de courir alors qu'il se contentait de marcher. Enfin, marcher… « Tomber » serait plus exact, au vu du nombre de chutes que son corps avait déjà dû encaisser depuis leur dernière pause.

Soudain, les pas d'Isaac s'arrêtèrent. Elias resta au sol, profitant de cette pause bienvenue.

— Relève-toi. Le mioche, viens là.
— Pourquoi ? questionna aussitôt Maël en obéissant tout de même.
— Chut.

Elias se redressa en se servant de son bâton tremblotant comme appui. Ce calme était anormal. Où étaient passés les oiseaux qui chantaient à tue-tête ? Les branches craquaient. Mais pas autour d'eux, non, ça venait…

— En haut !

Pris d'une intuition subite, il poussa la silhouette de Maël vers la gauche, juste avant que quelqu'un n'écrase le tapis de feuilles de ses lourdes bottes. Ou sandales. Son bâton vibra férocement entre ses doigts. Sa peur transpirait par tous ses pores. Il était incapable de savoir ce qui était en train de se dérouler. Isaac se battait, au vu des râles qu'il émettait. Maël s'était accroché à lui férocement. Sa silhouette. Il distinguait sa silhouette noire, tremblotante à chacun des battements de cœur qui palpitaient dans la poitrine de l'enfant. L'assaillant n'avait pas l'air de pouvoir rivaliser, son souffle s'accélérait.

Il y en a un deuxième, souffla une voix dans son esprit. *Mords-les.*

— Ils sont deux ! Isaac !

Un autre évoluait en hauteur, sans se soucier de dissimuler sa progression entre les feuilles. Un bruit sourd retentit à l'atterrissage. Avait-il assommé Isaac ? Non, impossible.

— Maël, dis-moi ce qu'il se passe, chuchota-t-il.

Mais le garçon était trop terrorisé pour pouvoir émettre le moindre son. Elias ne pouvait rester là à attendre qu'ils se battent, sans savoir s'ils devaient fuir ou venir en secours à son oncle.

— Maël ! Qui gagne ?

— I… Isaac.

Ce dernier lâchait des jurons à n'en plus finir. Une odeur de chair brûlée parvint aux narines d'Elias. Qui était en train de jouer avec le feu ?

Soudain, un autre bruit attira son attention. Bien loin des râles d'Isaac… Non, c'était dans son dos ! Il y avait un troisième assaillant ! Quelqu'un s'agrippa à lui, l'écartant de Maël qui hurla de terreur.

— C'est quel gosse ? cria la femme qui le tenait.

— J'en sais rien, turkin ! On n'avait pas parlé d'une montagne de muscles avec eux !

— Fermez-la ! rugit Isaac.

Un gémissement fut la seule réponse de celui auquel la femme venait de parler. Elias sentait ses mains trembler sur ses bras. Elle avait peur d'être la prochaine. Il sourit : leurs assaillants étaient en train de perdre. Soudain, une sensation froide et glaciale se positionna sur la gorge d'Elias. Un couteau.

— Le mioche et la montagne de muscles, ne bougez plus, menaça la femme. Toi, lève-toi et montre-moi tes yeux.

Elle serra son bras, signe qu'elle s'adressait bien à lui. Ses yeux ? Mais il était aveugle ! Cependant, il obéit, se redressant et penchant son visage en arrière. Une odeur âcre et humide se dégageait de l'haleine de la femme qui se pencha sur lui.

— Bizarre…

De l'autre côté du feu, des vêtements bougèrent. Une masse tomba au sol sur un tapis de feuilles : un assaillant ou Isaac ? Elias devait occuper la femme juste assez longtemps pour que son oncle agisse. Une seule idée lui vint.

Il recula son menton et frappa de sa tête de toutes ses forces vers le haut. Un craquement et un choc sourd remontèrent dans son front, tandis que le couteau laissa une entaille sur sa gorge avant de s'écarter. Heureusement, Isaac eut tôt fait de venir à la rescousse et Elias suivit le reste de ses râles jusqu'à ce que le calme revienne. Il n'avait aucune idée de l'état de leurs assaillants ni de leur localisation. Suivre un combat en s'appuyant sur ses seules oreilles n'était pas des plus aisés.

— Tu les as tués ?

— Non.

Après un moment de vide, Isaac le conduisit à une bûche et lui fourra Maël dans les bras. L'enfant frissonnait toujours : de froid ou de terreur, c'était difficile à dire.

— Ne bougez pas, ordonna Isaac avant de s'éloigner.

Elias percevait les respirations régulières de leurs assaillants. Il espérait qu'Isaac avait songé à les attacher. Maël bougea contre lui et s'apaisa. Il s'était endormi. L'un des assaillants respirait de manière plus irrégulière. Isaac revint et posa un bol d'eau dont le tintement parvint jusqu'à Elias.

— Celui-là est réveillé, indiqua-t-il à Isaac en pointant du doigt le fautif.

Son oncle grogna un remerciement et balança de l'eau sur le visage qui aspira de l'air, se trahissant par la même occasion.

— Que veux-tu ? commença Isaac.

Simple et efficace. Il ne s'embarrassait même pas à lui demander son prénom.

— Que veux-tu ? répéta-t-il avec plus de force.

Silence. L'attaquant ne répondait toujours pas. Une claque retentit. Maël s'agita contre lui, mais reprit vite sa respiration profonde.

— Réponds, ou tu mourras.
— Si je parle, mon chef me réservera pire que la mort.

Une voix de femme. Celle qui l'avait menacé au couteau. Assurée, inflexible. Elle savait déjà ce qui l'attendait.

— Parle, et ces baies de goji sont à toi.

Seuls les spizellas pouvaient s'en nourrir. Ces oiseaux blancs en raffolaient. Pour les autres espèces, c'était un profond sommeil qui les prenait avant de les conduire directement vers la mort. Personne ne s'en était jamais réveillé. Les plus anciens partaient ainsi quand la douleur devenait insupportable et qu'ils estimaient que la vie n'avait plus rien à leur offrir.

— Nous cherchons la source.
— La source ?
— Celui qui détient la source peut contrôler la magie. La gagner, ou la perdre.

Isaac éclata de rire. Elias comprenait la réaction de son oncle. Ils avaient affaire à un groupuscule opaque. Qui voudrait contrôler l'essence même du monde ? Contrôler la magie signifiait vouloir contrôler les émotions, la réaction la plus spontanée des humains. C'était insensé.

— Contrôler l'essence même de notre monde… La bonne blague. Et ta source est un gosse ?
— Oui.

Isaac rit de plus belle.

— Quel est le fou qui croit à ce genre de mythe ?
— Pas un mythe. Une légende oubliée.
— Quel fou ?
— Un membre de l'Ordre.
— Comment ta source est reconnaissable ?
— Sa vue est extraordinaire.
— C'est-à-dire ?

— Qu'il voit ce que les autres ne voient pas. Je n'en sais pas plus.
Isaac soupira.
— Bien, j'en sais assez. Tiens.
Isaac fouilla dans son sac et tendit les baies de goji à la femme. Leur parfum entêtant monta aussitôt aux narines d'Elias. Son oncle se promenait avec un poison mortel sur lui. Elias se demandait ce qu'il ignorait d'autre à son sujet.
— Il y en a assez pour tes autres camarades.
Isaac s'approcha d'eux et extirpa Maël des bras d'Elias. Il posa sa main libre sur son épaule et le poussa doucement vers l'avant, lui indiquant d'avancer. Ils rassemblèrent leur pauvre matériel et reprirent leur marche.

Excepté l'humidité qui leur collait aux basques, plus rien ne perturba leur progression dans la forêt. Soudain, le vent frappa le visage d'Elias et les feuilles humides charriées par l'air se firent balayer au loin : ils sortaient de la forêt. Maël cria de joie et courut sur les cailloux qui s'entrechoquèrent. Elias souffla. Il ne risquait plus de se prendre les pieds dans les racines ni les mains dans les ronces. Cet espace libre le soulageait. Et l'effrayait aussi un peu. Ils étaient à découvert. N'importe quel fou pouvait encore choisir de les affronter. Mais au moins, il n'y aurait plus d'embuscades.

Isaac avançait rapidement, Maël dans ses bras, et Elias n'eut pas d'autre choix que de les suivre vite s'il ne voulait pas se retrouver perdu parmi toute cette immensité. Son bâton avait cessé de vibrer et il n'avait pas pris la peine de le recharger. Il l'utilisait comme un bout de bois mort pour prévenir des obstacles sous ses pieds, c'était déjà pas mal et cela lui demandait moins d'effort.

Chapitre 4

Très vite, il regretta la forêt, à mesure qu'ils descendaient la colline rocailleuse. Non seulement les cailloux glissaient aussi, mais la moindre chute était beaucoup plus douloureuse. Le vent ne cessait de souffler, s'insinuant dans les plis de ses vêtements et glaçant tous ses membres, sans exception. L'air se rafraichit, la nuit n'allait pas tarder à tomber. Elias ne rêvait que d'une taverne et d'un lit chaud, mais Isaac en décida autrement.

— Campement. Là.

Le sac tomba au sol dans un fatras et il leur distribua les deux couvertures en leur possession, suivi d'un peu de viande séchée. Elias était trop fatigué pour protester et s'assit à même le sol, accueillant ce moment de repos bienvenu.

— Pourquoi l'Ordre veut la source ? demanda Elias.

Maël ne s'était toujours pas réveillé, au chaud dans les bras d'Isaac qui devait certainement être en train de lui préparer son lit. Ou du moins un couchage sur de la mousse recouverte d'une couverture.

— Pour le pouvoir, marmonna Isaac, toujours aussi avare de mots.

— Tu crois que c'est vrai, cette légende ?

— Sans doute.

Elias frissonna. Il imaginait les sorciers et prêtresses à l'œuvre. Que feraient-ils d'un enfant puissant ?

— J'roupille. Tu surveilles.

Elias n'avait pas terminé leur conversation, mais le ronflement d'Isaac ne lui laissa aucune chance de protester. La respiration douce et régulière de Maël emplit l'atmosphère à sa suite, le laissant penaud au milieu d'eux. Que pouvait-il bien surveiller sans voir ? Il ouvrit grand ses oreilles, de peur que quelque chose ne surgisse autour d'eux. L'air frémissait d'une énergie particulière. Des gators. Des oiseaux aux grandes ailes volaient au-dessus d'eux. Il n'y avait qu'eux pour recharger aussi brutalement une zone en magie. Elias ouvrit son mathiak, s'abreuvant directement à la source brute. Cela l'aiderait à se maintenir éveillé. Les clochettes tintantes bruissèrent et chantèrent doucement sous le souffle du vent. Concentré sur sa marche, il n'avait même pas pris en considération tous les bruits naturels dont regorgeait Nelor. Des êtres vivants multiples qui allaient mourir si leur continent continuait de s'effondrer ainsi. Est-ce que les terroristes avaient raison ? Avaient-ils perturbé l'équilibre du monde en ouvrant trop de portails vers la Terre ?

Il aurait aimé apercevoir les étoiles-âmes ou même la nuit. Plongé dans son silence intérieur, il se réfugia dans son mathiak. Il entra dans une réplique du monde qu'il s'était imaginé dans la journée. Une pente rocailleuse à flanc de forêt, bruissant de vie. En contrebas, il pouvait discerner l'océan du Maelström, ponctué par des mâts de navire qui devaient peupler le port. Demain, ils y seraient. Et tout ce cirque cesserait enfin.

Gavé d'ennui, il chercha à nouveau l'aura sombre qu'il avait aperçue à plusieurs reprises. Une ombre si nette qu'il discernait la silhouette de Maël. Il orienta son regard vers les dormeurs, sans rien apercevoir. Frustrant.

Un pas. À l'opposé. Quelqu'un... ou plutôt quelque chose marchait vers lui. Quatre pattes. Un souffle rauque comme si une langue pendait. Et tout à coup, la silhouette de la créature se détacha et lui apparut. Noir. Comme la peur qui lui traversait les entrailles. Voyait-il les émotions comme les flux de son mathiak ?

La bête haleta et approcha tout près de lui. Il sentait le chien mouillé. Ses contours étaient flous, mais il semblait énorme, bien plus gros qu'un loup. Trois yeux jaunes le fixaient.

— *Bonsoir, source...*

Ces paroles rompirent l'enchantement. La porte de son mathiak claqua et il retrouva son ordinaire : le rien infini. Il tendit ses mains en avant, mais il n'y avait plus personne. Ni bête ni homme. Frissonnant, il ramena ses jambes contre lui. Avait-il rêvé ? Devenait-il fou ? Elias ne sonna pas l'alerte ; personne ne croirait à ses hallucinations.

Et si la source recherchée, c'était lui ? Il voyait au-delà des choses et s'il ne devenait pas fou et discernait vraiment les émotions fortes, alors… cela signifiait que leurs attaquants le cherchaient lui et lui seul. Pourquoi ? Il n'en avait aucune idée. Il n'était pas plus puissant qu'un autre, banal, sans intérêt. Sans l'effondrement de sa maison, il y vivrait toujours en ermite, se contentant d'une vie d'intérieur. Il n'avait rien à offrir à ceux qui le cherchaient, mais les pires scénarios prenaient forme dans son esprit. Des scènes de tortures, de captures… ou pire. La nuit promettait d'être longue.

Chapitre 5

La peau de Garrett

Depuis l'accident, la vie à Jarah avait repris son cours. Kelya redoublait d'efforts pour en apprendre davantage et continuait à suivre Garrett. Elle était la première à le défendre et la première aussi à lui chercher des noises. Leur amitié restait cependant fragile et un mot de travers déclenchait parfois de sacrées disputes qui s'entendaient dans toute la ville. Mais ils finissaient toujours par se réconcilier, au grand désespoir de leur professeur qui n'en pouvaient plus de se trouver bloqué entre leurs deux caractères de feu. La magie revenait doucement à Garrett, mais il n'avait pas retrouvé son niveau d'antan. Au bout d'une année, les soigneurs cessèrent leurs expériences pour le laisser se reconstruire avec ce qui était devenu sa nouvelle peau. Lui évitait le sujet, les reflets et toute mention de l'accident. Mais Kelya n'avait pas abandonné, même si cela devait lui prendre plusieurs années.

Elle passait ses soirées à lire les ouvrages de la bibliothèque pour lever le verrou d'un mathiak qui ne voulait plus s'ouvrir. Beaucoup de pistes avaient déjà été tentées, mais elle persistait à s'user les yeux sous le faible éclairage pour dénicher le remède qu'elle s'était juré de trouver. Peu de temps après ses treize ans, une lueur d'espoir s'alluma enfin.

Regarde dans le tas de vieux parchemins, petite humaine, rugit une intuition dans sa tête.

Le papier était rugueux, plus sombre que celui auquel elle était habituée, comme provenant d'un autre continent. Même les caractères étaient tracés d'une drôle de façon et illisibles. Mais entre toutes ces runes, le symbole du mathiak ne trompait pas. Il était immuable, universel et ce parchemin en parlait. S'ensuivirent de longues soirées à traduire le manuscrit, jusqu'à ce qu'enfin le sens lui parvienne.

Notre déesse Chimmylatishka nous guide. Sa plume est le meilleur moyen d'ouvrir le mathiak de nos futurs capitaines. Mais il faut en être digne, sinon la magie se refusera au tricheur. À chaque Épreuve, elle nous offre l'occasion de montrer la voie à nos jeunes en s'approchant de nos shyrlas. Nous sommes privilégiés et des élus de la déesse, car les autres Chimères ne bénissent pas leur peuple ainsi. Or, je suis persuadé que l'essence même de l'une d'elles peut ouvrir n'importe quel mathiak, si la Chimère l'autorise...

La plume du Chimmylatishka ? Mais oui ! Kelya bondit de son siège, manquant de renverser son chandelier et provoquer une catastrophe. L'empoignant d'une main pour éclairer ses pas, elle abandonna le parchemin et traversa la bibliothèque jusqu'à l'étagère des trophées. Des objets rares ou bizarres rapportés par les mages de Jarah au fil des ans. Des choses gluantes en bocal. Une griffe. Des plantes de la Terre. Une grosse dent. Un crâne déformé. Une masse sombre flottant dans un flacon. Mais pas une seule plume. Elle ne s'avoua pas vaincue pour autant : c'était la première piste sérieuse qu'elle dénichait depuis des lunes.

Le lendemain, Kelya poursuivit ses investigations auprès des mages de Jarah.

Chapitre 5

— Tu sais comment je pourrais avoir une plume du Chimmylatishka ?

Morhass rit. Il se moquait d'elle alors qu'elle était on ne peut plus sérieuse ! Elle le fixa avec insistance. Le mage toussa et se reprit :

— À moins d'être du peuple du vent, c'est impossible. Elle se gagne lors d'une épreuve et aucun d'eux n'acceptera de te la prêter.

— Pourquoi ?

— Elle est extrêmement précieuse et propre à chacun d'entre eux. C'est un don de la Chimère en personne. Sans elle, les marins ne peuvent naviguer.

Kelya fronça les sourcils. L'affaire s'avérait plus complexe qu'elle ne le pensait. Les mages ne risquaient pas d'en apporter une lors de leurs expéditions dans le monde de Thera. Elle remercia Morhass qui commença le cours, et réfléchit. Dans l'après-midi, elle alla trouver Hylma.

— Tu as déjà vu un Ventien ? s'enquit-elle.

— Oui, quand j'ai pris un shyrla pour me rendre au sud de Swirith. Pourquoi ?

— Je pourrais en rencontrer un ?

— Seulement si tu comptes voyager. Ils ne vont jamais sur la terre ferme et vivent sur l'eau.

Un juron sortit des lèvres de Kelya.

— Surveille ton langage. Pourquoi tu souhaites en voir un ?

— Pour rien, marmonna-t-elle.

Acheter une plume ou aller sur l'eau pour en voler une ? Aucun de ces plans ne paraissait réalisable sur le moment. Pas seule, en tout cas. Elle frappa à la porte de Cornelius.

— Oui ? Que veux-tu ?

— J'aimerais partir en voyage d'étude.

— Pour ?

— Étudier les Chimères.

— Mais encore ?

Kelya n'avait pas envisagé de développer son propos plus loin et se trouvait bien en peine pour détailler ses arguments. Elle oscilla d'un pied à l'autre en se tordant les doigts.

— Kelya, et si tu me disais la vraie raison de ta présence dans mon bureau ?

— La vraie raison ?

— Tu as demandé à Morhass des informations sur la plume ce matin, sur les Ventiens à Hylma cet après-midi et j'ai trouvé un vieux parchemin qui traînait sur une table de la bibliothèque.

Kelya haussa les épaules. Les soigneurs avaient abandonné tout espoir au sujet de la guérison de Garrett. Elle ne pensait pas qu'exprimer ses recherches à voix haute pouvait l'aider.

— Je pense que la plume de la Chimère pourrait permettre d'ouvrir le mathiak de Garrett, lâcha-t-elle.

Cornelius la fixa. Il allait lui dire de cesser ces vaines recherches. D'abandonner. Que toute cette énergie dépensée était gaspillée. Qu'elle ferait mieux de se concentrer sur sa propre porte qu'elle n'avait jamais vue.

— C'est une bonne idée.

— Laissez-moi essayer, je… Quoi ?

— C'est une bonne idée. Mais je pense avoir mieux à te proposer.

Elle attendait tellement peu de ses congénères que cette réponse était inattendue. Son idée était bonne et en plus, il l'aidait ? Cornelius se leva et contourna son bureau. Il fouilla dans une étagère et en sortit une boîte. À l'intérieur se trouvaient divers objets précieux : quelques perles noires sculptées, un coquillage, une fleur séchée, une bague et un miroir de poche. Il saisit l'écaille rouge et la lui tendit.

— L'écaille de Novisskric, le dragon de la colère.

Un élément d'une autre Chimère. Même si ce n'était pas celle décrite dans le parchemin, cela pouvait fonctionner. Kelya la réceptionna au milieu de sa paume. L'écaille brillait de mille feux, le rouge se mouvant entre ses doigts comme si elle était vivante.

— Je l'ai trouvée dans le sable noir, le jour de ton arrivée. Prends-la.

Kelya se redressa et courut vers la sortie. Ses pieds étaient déjà sur les marches quand elle lança un « merci ! » avant de courir trouver Garrett. Ce dernier était en train de jouer du luth dans sa chambre.

— J'ai trouvé ! Garrett, j'ai trouvé !

Ses doigts brandirent l'écaille devant ses yeux.

— Quoi ?

— Le moyen de te guérir.

— Kelya… Quand vas-tu me laisser tranquille avec ça ? Si je l'ai accepté, accepte-le aussi !

Garrett commençait à s'énerver, mais Kelya n'avait pas envie de rentrer dans une de leurs disputes. Ce n'était pas le moment. Il ne comprenait pas. Elle lui prit la main et y plaça l'écaille de force. Rien ne se passa.

— C'est quoi ?

— L'écaille de Novisskric !

— On dirait une feuille toute flétrie.

En effet, dans la paume de Garrett, l'écaille avait perdu de son éclat, terne, sans vie. Kelya fronça les sourcils et la reprit. Aussitôt, elle se remit à pulser de son énergie étrange. Témoin du phénomène, Garrett haussa les sourcils, tout à fait réveillé.

— Bizarre… Elle réagit à toi.

Kelya se saisit à nouveau de la main de son ami et y reposa l'écaille avant de placer la sienne dessus. Elle avait l'impression qu'un mini-cœur battait sous sa paume. Garrett écarquilla les yeux.

— Que… ?

— Chut ! Concentre-toi !

Si l'écaille ne répondait pas à Garrett, elle pouvait peut-être la forcer à se diriger vers lui. Sans se préoccuper d'atteindre son propre mathiak, elle tenta de se connecter à lui, cherchant sa porte. Rien, rien, rien. Kelya pesta et sortit tous les jurons qu'elle connaissait. Garrett s'éteignit. L'espoir dans ses yeux disparut aussi brutalement qu'il y était apparu.

— Dégage, cracha-t-il.

Sous la violence du choc, Kelya obéit par automatisme et sortit de la maison. Elle observa l'écaille entre ses doigts. Même si cela n'avait pas fonctionné, c'était la solution. Elle en était persuadée.

Plusieurs lunes passèrent à nouveau avant que Kelya ne parvienne à se saisir du pouvoir de l'écaille. Il lui fallut de nombreux essais et des échecs encore plus nombreux avant de parvenir à voir la porte de Zeyna. Garrett s'était refusé à retenter l'expérience, mais les observait de loin lors de leurs séances. Quand Kelya fut certaine de maîtriser le processus, Garrett se laissa convaincre.

— Mais si ça ne marche toujours pas, promets-moi d'abandonner. Je ne peux pas continuer à espérer comme ça.

— Ça va marcher !

— Promets-moi.

— Promis.

Garrett tendit sa paume ouverte et Kelya y plaça l'écaille avant de la recouvrir de sa main. Elle inspira profondément et jeta toute son énergie dans le processus.

Le vent soufflait à ses oreilles et elle se saisit de sa mélodie, sifflant doucement les paroles qu'il lui murmurait, comme si le crissement de ses grains dorés avait toujours été cette musique sous-jacente. La porte lui apparut par bribes jusqu'à se stabiliser entièrement. En imagination, elle appuya sur la poignée, convaincue que cette dernière allait lui céder. En effet, elle s'ouvrit tellement fort que l'élan de pouvoir repoussa violemment son corps et son esprit. Revenue de force à la réalité, elle fixa Garrett. Elle se trouvait aussi à plusieurs mètres de lui. Celui-ci lévitait dans les airs, un sourire d'extase sur le visage. Elle avait réussi !

— Kelya !

La voix du Grand Mage la fit tressaillir. Elle n'avait pas mal agi cette fois ! Cornelius se tenait dans la petite ruelle : depuis quand les observait-il dans la pénombre ? Il s'approcha de Garrett qui criait :

— Ma porte ! Ma porte s'est rouverte !

Cornelius se retourna vers Kelya et la fixa, impassible. Elle frémit, prête à subir son jugement. Mais ce dernier se contenta de sourire.

— Tu peux garder l'écaille, petite souris.

À la suite de ce déblocage, les mages avaient pu s'occuper des blessures de Garrett et il ne lui restait que de fines cicatrices. Sa peau tirait ou plissait encore sur les zones les plus brûlées. Il était presque redevenu comme avant, avec une joie de vivre en plus et une solide amitié entre lui et Kelya. Pour la remercier, il lui apprenait à jouer du luth. Garrett possédait une maitrise et une vitesse qu'elle était loin d'atteindre : après des mois de leçons, elle avait à peine progressé. Ils étaient tous deux assis sur le même lit, chacun avec son instrument. Kelya tentait de reproduire la mélodie sur la corde la plus fine.

— Non, tu t'es encore trompée de case !

— Mes doigts n'arrivent pas à aller jusque là-bas ! protesta Kelya.

— Si, c'est juste ton poignet qui est mal placé. Attends.

Garrett posa son luth sur le côté et se plaça derrière elle pour corriger sa position. À son contact, une douce chaleur l'envahit.

— Là, détends tes muscles. Si tu es toute crispée, tu ne peux pas étendre les doigts suffisamment et en plus, tu risques de te faire mal.

Elle n'était plus très sûre que les informations arrivent à son cerveau dans le bon ordre. Cette proximité nouvelle la perturbait.

— Comme pour la corne, du bout de mes doigts ?

La main de Garrett se posa sur la sienne alors qu'il examinait ce qu'elle venait de mentionner.

— Oui.

Il caressa l'extrémité de son pouce, le visage très concentré. Kelya n'en avait plus rien à faire du luth. Garrett releva la tête et elle plongea dans ses yeux gris. Son odeur emplissait tous ses sens. Il était proche, si proche. Elle laissa glisser son propre luth au sol pour supprimer le dernier obstacle qui les séparait. Mais il détourna le regard et confia :

— Tu sais, je t'en ai longtemps voulu… Par ta faute, je n'étais plus le meilleur, j'ai dû réapprendre à aimer celui que j'étais devenu sans jamais m'y faire totalement.

Kelya hocha la tête. Elle savait déjà tout ça. Où voulait-il en venir maintenant, alors qu'ils étaient si proches et qu'elle vivait un véritable supplice ?

— Je t'ai pardonnée à partir du moment où j'en ai eu assez de t'entendre t'excuser. Mais tu as quand même continué jusqu'à trouver un remède. Tu as réparé entièrement tes fautes. Et tu m'as réparé, moi.

Garrett releva le regard et plongea ses yeux dans les siens. Ses beaux yeux gris…

— Je n'ai jamais pris le temps de te remercier. Alors, merci…

Le souffle de Garrett n'était plus qu'à quelques centimètres de son visage. Pourquoi ne pouvait-elle plus bouger ? Fixée dans l'instant, envahie par des sensations nouvelles. Soudain, il s'approcha brusquement et l'embrassa. De surprise, Kelya recula.

— Oh... Euh, désolé...

Garrett avait les joues toutes rouges et contemplait ses orteils.

— Non... c'est que... Tu peux recommencer?

Un large sourire étira le visage du garçon qui obéit. Kelya prit cette fois le temps de savourer la douceur de ses lèvres.

Ils n'avaient pas vraiment changé de position quand le bruit d'un sanglot rompit l'enchantement. Zeyna surgit dans la pièce et sans un regard pour eux, se précipita sous la couverture d'un des lits. Elle avait obtenu sa propre maison il y avait de cela quelques jours, et son retour brutal était incompréhensible.

— Zeyna? Qu'est-ce qu'il se passe?

La jeune fille ne répondait pas. Kelya s'approcha d'elle et lui caressa le dos, attendant qu'elle se calme. Garrett se leva et sortit brusquement de la pièce sans un mot. Mais... que faisait-il? Sa réaction était incompréhensible. Il était vexé? Qu'elle s'occupe de Zeyna plutôt que de lui? Cette dernière se tourna vers elle, tentant de reprendre son souffle entre ses sanglots. Kelya lui essuya doucement les larmes sur ses joues.

— Là, là. Raconte-moi.

— Cornelius... souffla-t-elle.

Ce seul mot déclencha une nouvelle crise de larmes. Que lui avait-il fait?

— Il m'a... convoquée pour un bilan, et là... il... il...

Zeyna secoua la tête, incapable de poursuivre. Ses yeux étaient fous. Elle tremblait de peur. Kelya n'arrivait pas à imaginer ce qu'elle avait subi d'assez violent pour la mettre dans cet état. Soudain, la porte s'ouvrit sur Garrett. Derrière lui, le Grand Mage. Garrett était allé le chercher, pensant sans doute bien faire. Cornelius s'approcha d'elles, mais Kelya lui barra la route. Un drôle d'éclat passa dans les yeux de ce dernier, très vite caché par un masque froid et inhumain.

— Kelya, écarte-toi.

Elle secoua la tête. Zeyna était dans tous ses états par sa faute. Elle ne le laisserait pas l'atteindre.

— Laisse-moi l'aider.

Elle n'était pas certaine que ce soit vraiment son souhait. Il voulait la faire taire, oui ! Garrett se tenait en retrait, attendant que la scène se résolve sans lui. Kelya tentait d'accrocher son regard pour obtenir son aide, mais il fixait résolument ses pieds. Lâche.

— Que lui avez-vous fait ?

— Un examen, rien de plus. Son mathiak a mal réagi, cela arrive parfois.

Ses mots sonnaient faux. Elle ne le croyait pas. Il lui avait fait du mal. Volontairement. On ne pouvait pas lui faire confiance.

— Kelya...

Sa voix grave sonnait pleine de menaces. Soudain, un flux d'air la poussa sur le côté. Prise par surprise, elle chuta au sol et n'eut pas le temps de répliquer que Cornelius forçait Zeyna à se lever. Cette dernière ne pleurait plus. Inerte, stoïque, aussi vivante qu'une poupée de chiffon. Kelya ne pouvait plus rien faire : si elle lâchait le démon sur Cornelius, elle risquait de blesser Zeyna dans la foulée. Son pouvoir était encore trop instable. Elle le regarda traîner son amie hors de la maison. Il allait finir ce qu'il avait commencé ! Ses poings se serrèrent. S'empêcher de les suivre était une torture.

— Où l'emmenez-vous ? cria-t-elle.

— Dans sa maison, pour qu'elle se repose et se fasse soigner.

Ses paroles douchèrent sa résolution. Elle hésitait. Mais la peur dans les yeux de Zeyna... Cette peur ne pouvait pas provenir d'un simple examen. Que pouvait-elle faire contre lui ? Elle réprima son inquiétude, se convainquant que tout allait bien. Zeyna et Cornelius quittèrent la pièce, la laissant seule avec Garrett. Celui-ci évitait toujours son regard.

— Tu n'aurais pas dû faire ça.

C'était de sa faute. S'il n'était pas allé chercher Cornelius, Zeyna aurait eu le temps de lui expliquer ce qu'il s'était passé.

— Elle avait besoin d'aide, rétorqua Garrett.

— Pas de celle de son bourreau !

— De... quoi ?

— Elle m'a dit que Cornelius lui avait fait du mal.

— Elle ment.

Kelya ouvrit des yeux ronds. Cette voix si assurée... Comment pouvait-il être si sûr de lui ? Et si... pédant ?

— Le Grand Mage est un homme bien, poursuivit Garrett.

— Tu... tu ne me crois pas ?

— Pas toi : Zeyna ! Elle a juste raté son examen, voilà tout.

Tant d'aplomb mettait les arguments de Kelya à mal. Elle pensait pouvoir se confier à lui, enquêter à ses côtés pour découvrir ce qu'il s'était vraiment passé... Et au lieu de ça, il s'avérait qu'il avait une foi aveugle et absolue en Cornelius. Kelya sentait bien que tout ce qu'elle dirait ne percerait pas la carapace sous laquelle il avait décidé de se terrer. C'était tellement plus facile de se ranger du côté des plus forts. Tellement plus simple d'accepter les raisons de Cornelius en ignorant la peine de Zeyna. Kelya regretta de s'être laissée séduire par ce lâche.

— Tu n'es qu'un idiot.

Elle le planta là et sortit de la maison. Garrett ne tenta pas de la retenir. Il avait compris, comme elle, que leurs divergences d'opinions ne pourraient jamais se combler. Kelya tenta d'extirper la vérité à

Zeyna par la suite, mais la jeune fille ne prononça plus jamais un mot à ce sujet.

Chapitre 6

Le port

Elias ne parla pas de ce qu'il pensait avoir vu. Qui croirait sa version ? Il s'était laissé emporter par ses cauchemars, voilà tout. Isaac prit sa garde au milieu de la nuit et Elias se blottit dans la couverture déjà chaude avec délice. Le lendemain, ils continuèrent de descendre vers la ville. Bientôt, des relents de sel charriés par le vent entourèrent leurs pas. Si seulement des navires étaient encore là, si seulement ils trouvaient une place pour quitter cet endroit maudit. Dès que leur voie rejoignit celle qui se dirigeait vers l'est, Elias se sentit oppressé. Comme s'il avait soudainement sorti la tête de l'eau et prenait de plein fouet les bruits de la foule. Il s'était habitué au calme de la forêt. La tension dans l'air déteignait sur lui. Les gens criaient, se bousculaient. Cela faisait pourtant déjà plusieurs jours que le continent se trouvait de toutes parts. Pourquoi fuyaient-ils seulement maintenant ? Ou, comme lui, avaient-ils espéré que l'apparition des trous se calmerait ou que la Cour trouverait une solution ?

Elias s'arrêta sur les pavés. Il était perdu. Où étaient Isaac et Maël ? Cessant de se mouvoir, il devint une cible de choix. Gênante. Bonne à abattre.

— Oh ! Pousse-toi !

Elias s'écarta au hasard d'un côté, son bâton ne lui étant d'aucune aide. Il frappait dans les pieds des gens ou la multitude de charrettes. Contrairement à sa première sortie, il ne paniqua pas. Isaac allait le retrouver. Il devait juste se mettre à l'abri en attendant. Sortir de la route. Il s'avança d'un côté, à travers le flux de la foule, mais il bouscula un lourd sac qui s'étala dans un bruit sourd ponctué de tintements. Ils emportaient leurs bijoux avec eux ?

— Hé ! Dégage de là ! Ou c'est moi qui vais m'charger de toi, abruti !

Elias ne bougea pas. Un seul geste maladroit et l'homme s'en prendrait à lui. Et il ne savait absolument pas quelle direction était la bonne. L'autre grinçait des dents. Un coup allait partir. Elias serra ses phalanges sur son bâton. Il devrait se baisser dès qu'il sentirait l'air se mouvoir autour de lui. Il pouvait peut-être éviter les dégâts les plus importants en orientant son visage vers le bon angle.

— Elias !

La grosse voix d'Isaac arriva à point nommé. Il trembla de soulagement. La main de son oncle s'appesantit sur son épaule, d'un poids solide, infaillible. L'homme marmonna des excuses et se détourna, sans doute impressionné par l'aura de confiance dégagée par Isaac. Elias se retint de sourire ; il aimait quand ses détracteurs se retrouvaient mis en défaut par la simple présence de son oncle. Ce dernier ne le lâcha pas et le poussa en avant, le dirigeant comme un bouclier alors qu'il n'était rien de tout ça. La voix de Maël lui parvint d'une hauteur. Où était-il perché ?

— On t'avait perdu ! T'as raté la dame qui a pris son armoire avec elle !

Une armoire ? Mais pour quoi faire ? Isaac ronchonna à ce sujet, traitant tous ces citadins d'idiots qui allaient à une mort certaine. Si Elias espérait que la foule se tarirait à l'entrée de la ville, ce fut tout le contraire. Plus ils s'approchaient du port, plus elle se densifiait.

— Trimballer un aveugle et un mioche dans tout ce foutoir…

Isaac l'empoigna soudain, le soulevant du sol pour le ranger en hauteur sur une pile de caisses. Maël rejoignit rapidement son perchoir à son plus grand ravissement et prit son rôle de description envers Elias très à cœur.

— Y a des shyrlas ! Des tas ! Ça brille !

— C'est parce qu'ils sont en argent.

Maël entendit à peine son commentaire, trop excité par toute cette agitation.

— Y a plein de monde dedans ! Ils se poussent pour entrer ! Oh !

— Quoi ?

— Elles y ont jeté une porte dans l'eau ! Et elles y grimpent d'ssus ! Mais ça marche pas, ça !

— Tout dépend de la taille de la porte.

Plus Maël parlait, plus Elias était pris entre deux émotions. La joie de savoir ce qui se passait et la peine de ne pas pouvoir voir par lui-même, dépendant des commentaires d'un enfant de cinq ans qui orientait son regard selon ses propres intérêts. Un murmure effaré de ce dernier augmenta son supplice.

— Quoi encore ?

— La barque coule ! Ils vont être tout mouillés !

— Ouais, c'est ce qui se passe quand on va dans l'eau.

Maël pouffa, amusé par son trait d'humour qui n'était qu'un commentaire cynique et agacé. Trop bon public, ce môme.

— Oh, les deux gosses là-haut ! Descendez de mes caisses !

Turkin. Les problèmes commençaient à arriver. Isaac était parti trop longtemps, ils devenaient trop visibles. Il fallait changer de position.

— Maël, aide-m…

— Nan !

Comment ça, non ? La femme en bas cracha à terre, s'approchant pour les houspiller plus fort.

— Si vous d'scendez pas très vite, j'fais tout tomber.

— Nan ! Isaac l'a dit de pas bouger ! Alors j'y bouge pas !

Mais ce gamin était complètement fou ! Il ne fallait pas mettre les gens en colère comme ça. Elias plia ses jambes et se pencha vers l'avant. Avec son bâton calé sous le bras, la manœuvre paraissait périlleuse, surtout quand on ignorait à quelle distance se situait le sol. Environ la taille d'Isaac, ce qui était déjà assez pour se fouler une cheville. Ses doigts ne rencontrèrent aucune prise. Son bâton glissa et tomba. Grâce au choc, au moins savait-il désormais où se trouvait la terre ferme. Dans son mouvement, les caisses penchèrent, le plaçant en équilibre instable.

— Oh, oh ! Ne bougez plus ! gueula la femme.

— T'y vois ! J'avais raison.

Elias hocha la tête, tétanisé à nouveau par le risque, la peur, l'inconnu. Turkin. Un raclement de bois plus tard, il trouva un appui solide sous ses pieds. Une main lui agrippa le coude et l'aida à descendre. La terre ferme. Enfin.

— Maël, descends.

— Nan !

Elias poussa doucement la pile de caisses et une silhouette sombre apparut à la position de la voix de Maël.

— J'y descends, mais c'parc'que j'ai tout vu !

La peur. C'était la peur qu'il voyait. Comment était-ce possible ? Comment pouvait-il voir les émotions, ce qu'il y avait de plus intangible sur Thera ? Pris de court, il n'avait pas entendu ce que disait la femme au milieu des bruits de la foule qui continuait de s'agiter. Les hurlements n'étaient pas plus aigus, mais chargés de graves et d'insultes : de la colère. La femme lui donna son bâton et le poussa vers l'avant.

— Venez dans mon bar, c'pas les clients que vous allez déranger.

Maël obéit sans rechigner et Elias les suivit. De son bâton, il repéra la voie à suivre. Quelques pavés lisses. Une porte. Il cogna les deux bords pour éviter de se prendre un mur. Bien, il pouvait avanc... Un trou ! Un peu plus et son outil tombait, lui avec.

— Faut enjamber, commenta la femme.

Maël sauta par-dessus dans un cri joyeux, tandis qu'Elias prit tout son temps pour repérer sa forme et sa taille. Il n'avait aucune envie de se retrouver au fin fond de l'univers. Cette femme n'avait-elle pas peur que le trou s'agrandisse et qu'il l'engloutisse un jour ? Elias ne pourrait pas enjamber sa porte d'entrée ainsi chaque jour.

— Comment t'y t'appelles ? demanda aussitôt Maël à l'inconnue.

Elias soupira et s'assit sur le premier siège que ses mains dénichèrent. Il n'avait pas envie de s'aventurer au hasard et de trouver un nouveau défaut dans le plancher. Accompagnés par un tintement de céramique, les pas de la femme parcoururent la pièce en plusieurs sens. Elle posa un récipient à côté de lui.

— De l'eau, précisa-t-elle.

Son bâton et son tâtonnement n'étaient pas passés inaperçus. Rien que ça le rendait reconnaissant.

— Delo ? C'pas un nom, ça !

La femme éclata de rire.

— Non, je m'appelle Perina.

— Moi, c'Maël et lui, Elias ! On y attend Isaac, il est allé chercher un bateau.

Un nouveau raclement de chaise retentit, signe que Perina venait de s'asseoir à son tour.

— S'il y parvient, j'lui tirerai mon chapeau.

— T'as pas d'chapeau.

Elle rit à nouveau, mais s'arrêta vite, comme si toute joie ne pouvait plus s'attarder en elle.

— Pourquoi vous restez là ? demanda Elias.

Tout le monde fuyait, mais pas elle. C'était étrange. Pourquoi s'accrocher à cette maison rongée par la même malédiction que le reste de Nelor ? Perina soupira.

— Et pour aller où ? Recommencer ma vie sur un autre continent ? Rouvrir un bar alors que j'avais tout investi dans celui-là ?

— Un bar ? Mais y a personne ! souligna Maël.

Perina n'en tint pas rigueur et poursuivit son récit, la voix plus tremblante :

— Ce bar, c'est mon bateau à moi. Je le quitterai pas avant qu'la mort me prenne.

Soudain, la porte vola contre le mur, d'une force colérique phénoménale.

— Isaac ! On y a trouvé un bateau ici !

La voix tonitruante d'Isaac emplit l'atmosphère :

— Écarte-toi d'eux, femme !

Elias ne donnait pas cher de sa peau.

— Oh là, le vaurien, on se calme !

C'était bien la première fois depuis le début de leur aventure que quelqu'un osait lui tenir tête. D'habitude, les gens s'excusaient et s'écrasaient. Pas elle.

— T'vas prendre une chaise, une bière et te taire ! Et fissa ! Tes mômes, je les ai sauvés de la foule où tu les avais laissés, ok ? Alors tu vas juste me dire merci !

Le silence. Isaac ne répliqua pas et tomba lourdement aux côtés d'Elias. Il imaginait sans peine sa tête ébahie et un mince sourire étira son visage. Une chope à l'odeur forte de bière glissa sur la table.

Chapitre 6

— J'ai pas entendu !
— Merci.

Isaac but une longue rasade et reposa le pichet. Maël rompit le calme en grimpant à côté d'eux. Il ne cessait de gigoter, ses jambes fouettant l'air et glaçant celles d'Elias, meurtries par toute cette route. Ses yeux picotaient de fatigue. Voilà longtemps qu'il ne s'était pas retrouvé à l'intérieur d'une maison chauffée par la douce chaleur de l'âtre et pas celle d'un rudimentaire feu de camp.

— 'Lors, t'as trouvé un bateau ?

Isaac grommela, signe que cela voulait dire non.

— Tout est complet. C'est hors de prix et on a pas un rond.
— Si vous êtes prêt à bosser, j'peux p'tèt vous aider.

Isaac ne répondit rien à nouveau. Celui-ci s'avérant déjà silencieux de base, Perina avait le don de le rendre muet. Un aveugle, un muet... ne manquait plus qu'un sourd. Maël ne pourrait certainement pas endosser ce rôle, trop curieux pour en rater une miette.

— D'accord ! clama le môme à leur place.
— C'toi le chef du groupe, mon p'tit ?
— J'suis un grand ! J'ai presque six ans !

L'aide proposée par Perina était la suivante : elle connaissait un pêcheur qui possédait une barque. En échange, ils devaient faire fuir les pilleurs du bar, le temps qu'elle en profite pour dénicher quelques provisions. Même si c'était un moyen déguisé de les forcer à prendre du repos, ni Elias ni Isaac n'y trouvèrent rien à redire. C'était une chance inespérée après ces jours de marche épuisants. Maël explora le trou en plein milieu de la pièce. Il y jeta des objets divers et variés avec des exclamations à chaque fois que le tout disparaissait à sa vue dans une gerbe d'eau. Celle-ci infiltrait le continent. À ce rythme de destruction, la terre n'allait pas tarder à rejoindre la mer.

Une angoisse sourde ne cessait de hanter Elias. Et si ses parents étaient sur Nelor ? Et s'ils étaient tombés dans un trou ? Peut-être que le dernier souvenir de sa mère serait son refus de lui dire au revoir parce qu'il ne supportait plus sa condition… Cette bouffée de culpabilité le rendait malade. Et que faisait Perina ? Voilà un moment qu'elle était partie.

Soudain, la porte s'ouvrit à la volée et se referma aussitôt. Isaac s'était levé d'un bond. Quelque chose n'allait pas.

— Vous devez fuir, vite, annonça Perina.

Des sacs légers tombèrent au sol.

— Les gens perdent la tête. On m'a volé toutes mes provisions sur le chemin, et j'ai bien cru qu'ils allaient me prendre mes vêtements. Heureusement, ils n'en sont pas encore là.

La respiration de Perina était courte, essoufflée, paniquée.

— Pas de guerriers Wa's ? demanda Isaac.

Maël avait cessé ses jeux dans un silence inquiétant, quand on commençait à le connaître. Il ne s'arrêtait jamais. La tête des deux adultes devait l'avoir scotché.

— Non, la reine les a rapatriés des jours plus tôt vers une autre ville.

— Hmm. Remballez tout.

Le repos avait été de courte durée. Les affaires d'Elias se composaient d'un seul bâton magiquement inutile et du petit baluchon créé par Perina. Rien que de la survie. Il prenait tout cela avec un calme qui l'étonnait. Comme s'il vivait un cauchemar qui ne lui appartenait pas, comme si tout ça n'existait pas vraiment et que demain, il se réveillerait dans son lit, sa mère tirant les rideaux pour le forcer à se lever. La porte s'ouvrit à nouveau, laissant entrer les bruits de la foule qui perdait les pédales à l'extérieur. Si, comme eux, ils n'avaient pas pu trouver de bateau, alors certains devaient commencer à s'entretuer pour prendre la place des autres.

— Non, pas par-là, dit Perina. Venez.

Ils marchèrent vers le fond de la pièce. Elias les suivit en se guidant avec le son, percutant les tables et les chaises disséminées à travers la pièce. Une petite main se glissa dans la sienne. Maël. Elias apprécia de pouvoir se reposer sur lui et serra brièvement ses doigts. Ils tremblaient.

— Tu aimes les bateaux ?

Pas de réponse de l'enfant. Le froid de l'extérieur les prit de plein fouet. Le soleil était soit déjà couché, soit masqué par les nuages. Ils passaient par l'arrière-boutique, comme des voleurs, alors qu'ils étaient accompagnés du propriétaire.

— J'suis sûr que tu ferais un sacré capitaine.

— Oui.

L'enfant se détendait.

— Tu trouverais des tas de perles noires à vendre et tu deviendrais riche.

— Ouais !

Isaac leur intima de baisser d'un ton, mais Elias avait réussi. Maël pouffa doucement, sa bonne humeur retrouvée. Il ne lâcha cependant pas sa main, le guidant à travers les dédales des rues. Chaque fois que le bruit de la foule se rapprochait, Perina bifurquait à l'écart.

— J'me suis fait surprendre une fois, pas deux, murmura-t-elle. Je connais cette ville comme ma poche, même trouée de toutes parts.

Marcher sur des pavés plutôt que dans les feuilles ou les rochers était reposant. Elias ne craignait pas de tomber ni de glisser. Ou alors, sa marche était devenue plus sûre au fil du temps. La méthode d'Isaac était discutable, mais portait ses fruits. Par chance, ils arrivèrent à bon port sans problème.

Quelqu'un cracha. Une odeur désagréable d'anis emplit l'air : cette drogue prise par les marins pour rester éveillé par tous les temps. Elias se frotta le nez.

— Failli partir sans vous, grogna une voix âgée.

— Désolé, Farim, j'ai mis du temps à rentrer.

— T'veux toujours pas v'nir avec ? Y a de la place pour toi.

— Non, je... J'ai tout construit ici avec Trohn. Abandonner ça, c'est comme si je l'abandonnais aussi, même s'il n'est plus là.

— Comm'tu voudras.

Il se racla la gorge dans un bruit sourd, comme s'il était malade. Elias n'avait pas confiance dans les capacités de ce type. Heureusement, Isaac pourrait ramer pour eux.

— V'nez, ma barque est au bout du port. Mais va falloir déloger les parasites d'abord.

Les parasites ? La foule se densifia et bientôt, ils durent jouer des coudes pour continuer d'avancer. Tout le monde cherchait à fuir par la mer, sans se préoccuper de marcher sur les pieds de son voisin ou non. Il n'y avait plus aucun ordre. Aucune humanité. Des pleurs. Des larmes. Des hurlements. Le cœur d'Elias battait à toute allure. Ses doigts s'agrippèrent à la veste d'Isaac qui portait Maël sur ses épaules. S'il le lâchait, c'était fini pour lui. Il ne pourrait jamais s'extraire de là. Le pêcheur cria :

— Poussez-vous si vous voulez qu'j'enlève le cadenas !

À ces mots, l'air revint à eux, plus respirable. Moins moite des odeurs de peur et de sueur qui se dégageaient autour d'eux. Les pavés se substituèrent à un plancher branlant, tanguant à chaque pas. L'abord du port.

— Emmenez-nous avec vous !

— Par pitié !

— Pitié !

Les râles et les supplications emplirent l'atmosphère.

— Me faut de la place, grogna le vieux en toussant. Si vous v'lez partir, laissez-moi faire !

Il continua de crier, en vain. Jamais la foule ne le laisserait quitter le port dans sa barque. Mais du monde était déjà à l'intérieur, espérant ne pas être chassé. Une pression poussa Elias en avant. Il allait tomber à l'eau.

— Oh !

La voix d'Isaac, tonitruante, s'entendit à la ronde. Elle calma la foule aussitôt. La force. Il n'y avait que ça que comprenaient ces hommes en perte de sens. Le vieux en profita et Elias vit distinctement le pouvoir qui s'émana de lui. L'énergie blanche matérialisa toute sa silhouette, puis disparut aussitôt avec le son d'un déclic de serrure. La magie avait libéré la barque. Mais le vieux ne disait toujours rien.

— Isaac, les parasites, comprit Elias.

Cela lui coûtait de donner pareilles instructions, mais ils n'avaient pas le choix. Isaac bondit dans la barque dans une gerbe d'éclaboussures. D'autres bruits d'eau surgirent à sa suite, signe qu'il venait de pousser les gens présents à bord. Les cris reprirent de plus belle, huants, sifflants, insultants.

— Moi d'abord !

— Laissez-nous monter !

— C'pas parce que vous avez une jolie cape que vous êtes prioritaire, ma p'tite dame !

— Ne nous poussez pas !

Sauf qu'Elias avait lâché la veste de son oncle. Il n'avait aucune idée d'où sauter. La barque de bois cogna contre le ponton.

— Attends ! hurla Isaac. Elias !

Le vieux était en train d'extraire la barque du port. Il n'avait pas le choix. Elias non plus. La pression de la foule s'intensifiait dans son dos. Abandonnant son bâton, il obéit à son oncle.

— Saute ! Saute ! Devant toi !

Elias bondit en avant. Sa semelle frôla le bois. Il avait raté la barque de peu. Dans le même temps, ses sens captèrent un autre danger. Une odeur de poussière. Un craquement terrifiant. Le port s'effondrait. Son corps entra dans l'eau. Une vague puissante le poussa vers le fond ; des débris tombèrent sur ses membres. Le choc était immense et les objets possédaient une force phénoménale. Les bulles provoquées par l'agitation bruissaient dans ses oreilles.

Se débattant, il se glissa entre deux vagues pour regagner la surface. Sa poitrine criait le manque d'air. Il allait étouffer. Étouffer ! Se noyer ! Mourir ! Enfin, sa tête creva la surface de l'eau et un cri familier perça ses tympans.

— Isaac !

Maël. Le garçon était proche de lui. Une aura sombre se dégageait à l'emplacement du cri. Là. Elias nagea vers lui, mais les vagues étaient trop fortes. Elles l'emportèrent aussi facilement que le vent soulève une plume. Sa tête cogna du bois. Il perdait pied. Ses mains s'agrippèrent à l'objet, une poutre, avec une force doublée par l'adrénaline. Maintenant. Il devait agir, maintenant ! Il ouvrit son mathiak à la volée et plongea dans sa conscience. Là ! Son bâton ! Il dirigea la totalité des flux à l'intérieur et s'en servit pour propulser le bois. L'ordre était simple : traverser les vagues jusqu'à Maël. Dirige-toi. Dirige-toi. Il serra les dents, extirpant la moindre goutte de magie qui coulait dans ses veines pour forcer l'objet à continuer sa course jusqu'à la silhouette sombre. Encore un peu. Rien qu'un peu. Mais il ne sut jamais si le bâton arriva jusqu'au garçon. Dès que la dernière miette d'énergie le quitta, sa conscience s'éteignit. Vidée.

Chapitre 7

Chute

Les mois passèrent, aussi mornes les uns que les autres. Kelya s'était isolée et Garrett l'ignorait avec froideur. Aucun évènement ne vint plus troubler la trame lisse de la vie sans intérêt de Kelya, jusqu'au jour où elle découvrit des taches de sang dans son lit. Elle savait ce qu'elles signifiaient. La voilà devenue femme. *Femme du démon*, se dit-elle avec un sourire sarcastique.

— Kelya, tu saignes !

Holly la poussa hors de ses draps et eut un cri de ravissement. Ses bribes d'extase se perdirent dans les brumes de ses pensées. Il n'y avait vraiment pas de quoi se réjouir. Kelya allait saigner tous les mois et devoir se débrouiller pour ne pas salir ses vêtements. Oh, joie. La perspective de pouvoir concevoir ne l'enchantait pas plus ; elle n'était pas faite pour être mère, ça, elle en était certaine.

Kelya alla demander ce qu'il lui fallait à l'une des femmes et se nettoya à l'eau fraîche. Elle avait l'impression de porter une couche. Le coton n'était vraiment pas une matière agréable à cet endroit. La femme lui avait donné également une toge dorée, signe que son statut avait évolué. Quelle était la modification corporelle que subissaient les hommes pour l'enfiler, signe qu'ils étaient des mâles en rut ?

Kelya s'habilla de son symbole discutable et fut dirigée dans sa nouvelle demeure. Sa propre petite maison de pierres. Sa propre prison dorée. Une pièce unique composée de quatre murs avec un lit, une table, une commode et une chaise. Elle jeta le vieux tapis qui se confondait avec le sol tassé et effectua le transfert de ses maigres affaires. Elle hésita devant le luth que Garrett lui avait fabriqué quand elle s'était échinée à apprendre la musique à ses côtés. Quelle perte de temps. Elle ne parvint cependant pas à se débarrasser de l'objet, qu'elle glissa sous son lit. Puis, elle se rendit à la tour du Grand Mage. Son nouveau statut devait lui être notifié. Elle gravit les pénibles marches avec la sensation de se conduire tout droit à l'abattoir. Annoncer ses règles à un homme, qui avait eu cette idée saugrenue ?

Quelqu'un se trouvait déjà à l'intérieur du bureau. Kelya tendit l'oreille et reconnut la voix de Garrett qui filtrait à travers l'entrebâillement de la porte.

— Non, rien à signaler, Grand Mage. Elle est plus sage qu'elle ne l'a jamais été.

De qui parlaient-ils ? Ce n'était tout de même pas...

— Kelya est l'incarnation du démon. Il veille, mais s'exprimera un jour. Reste vigilant.

Kelya rata un battement de cœur. Quoi ? Garrett... l'espionnait ? Mais pourquoi ? Elle respectait les règles, se conduisait bien, mais les mages ne lui accordaient toujours pas leur confiance ? Que devait-elle faire de plus ? Se vendre au plus offrant ? Donner ses organes ? Ou même sa magie, pour qu'enfin on l'accepte ? Les sons étaient étouffés. Elle perdait pied. Sa vision était floue. Elle n'entendait plus que son cœur qui battait férocement. Les palpitations dans ses veines. L'horrible sensation qu'on la poignardait, encore et encore. Incapable de continuer à les écouter dans l'ombre, elle entra soudain avec fracas dans le bureau.

Chapitre 7

— Le démon, hein ? rugit-elle.

Cornelius se releva brusquement. Un éclat traversa ses yeux. Le même que quand elle s'était interposée avec Zeyna : un éclat de peur.

— Kelya, dit-il.

Son visage redevint un masque où plus aucune émotion ne filtrait. Garrett se retourna vers elle, le visage troublé. Mais il avait déjà choisi. Choisi l'autorité du Grand Mage plutôt que son amitié loyale. D'ailleurs, il n'effectua pas le moindre mouvement envers elle. Pas même un pas. Après l'avoir aimée, il jouait double jeu ? Kelya n'attendait plus rien de lui.

— Garrett, laisse-nous, ordonna Cornelius.

Le bruit des pas de son ancien ami s'éloigna dans la cage d'escalier. Il n'avait pas protesté, pas même émis un signe d'excuse. Il assumait son choix. Kelya n'en revenait pas : espionnée, comme une paria. À l'endroit même où elle était venue chercher le réconfort et l'aide dont elle avait besoin pour lutter contre ce démon. Ils la pensaient déjà perdue, c'était ça ? Elle croyait pouvoir leur faire confiance. Apprendre en toute sérénité, le temps que le démon soit sous son contrôle. Elle se trompait. Ils avaient peur d'elle. Peur qu'elle lâche le démon sur eux dans leur sommeil. Ils la voyaient comme un monstre alors qu'elle était comme eux : un être humain cherchant à maîtriser ses pouvoirs.

— Si je suis le démon, pourquoi ne pas me tuer ?

Après l'espionnage, que feraient-ils ? Si elle faisait le moindre pas de travers ? La moindre incartade ? Une seule erreur ? Maintenant qu'elle avait découvert la supercherie, sa vie ne tenait qu'à un fil. Les grains dorés se trouvaient à la commissure de ses doigts. La magie coulait autour de ses pieds, enflammait ses yeux. Elle était prête à se défendre. Cornelius restait implacable, fixe, immobile.

— Que comptes-tu faire ? Utiliser la magie en dehors des cours est interdit.

— Et espionner les gens, c'est autorisé, ça ? Ne pas avoir confiance en ses propres élèves ?

Cornelius soupira et croisa les bras. Il attendait. Inflexible.

— Passe à autre chose. Tu ignores tout de ma fonction.

Qu'elle oublie ce qu'elle venait de découvrir ? Les mots dans sa gorge s'étranglèrent. Comment osait-il ? Tout son corps tremblait. Son pouvoir palpitait à chaque battement de cœur, elle était à deux doigts de laisser le démon se venger. Mais ce serait donner raison à Cornelius, et elle s'y refusait. Elle pouvait contrôler son pouvoir. Elle pouvait apprendre et devenir le maître de son démon. Elle était plus forte que ce qu'il croyait. Beaucoup plus forte. Alors, elle ravala sa hargne, sa rage et claquemura le tout au fond de son esprit. Après plusieurs inspirations, son souffle redevint régulier et les grains dorés se dissipèrent. Elle fixa le Grand Mage d'un air de défi.

— Je vous prouverai que vous avez tort.

Kelya claqua la porte derrière elle et serra les poings. Elle ne se vit pas dévaler les marches ni même foncer dans sa maison. Elle ne revint à elle qu'une fois que toutes ses larmes se furent taries et que sa résolution fut suffisamment forte pour oublier que son cœur venait d'être déchiré en mille morceaux, broyé et éparpillé comme une multitude de grains de sable.

Peu de temps après cet épisode, l'éclat aperçu dans les yeux de Cornelius se manifesta. Subtilement, mais de manière implacable, Kelya se retrouva mise à l'écart de la vie de groupe, puis des cours, jusqu'à errer seule entre les murs de Jarah. Les gens l'évitaient. Ils la craignaient. La repoussaient. Même si aucune pierre ne la frappait, les regards d'indifférence et de recul la blessaient tout autant. Plus elle subissait, plus elle doutait d'elle-même. Elle baissait le regard pour ne plus leur infliger l'idée qu'elle était capable de les désintégrer sur place.

Mais même en se faisant toute petite et en s'isolant, elle sentait qu'elle n'était plus à sa place. Son refuge se refermait peu à peu sur elle. Mais elle ne partirait pas de Jarah. C'était le seul lieu où elle pouvait espérer devenir plus forte, même s'il était en train de la détruire aussi lentement mais sûrement que le sable rogne la pierre. Si elle était au départ prête à accepter cette haine sans sourciller, une lune de ce traitement avait mis sa patience à mal.

Elle n'en pouvait plus. Elle n'était pas si mauvaise. Elle ne méritait pas ce traitement. Elle n'avait rien fait ! Rien à part exister ! S'exprimer ! Pendant combien de temps encore allait-elle devoir payer ses erreurs du passé ? Combien de temps à les convaincre qu'elle était inoffensive ? Qu'elle ne voulait qu'apprendre ?

— Holly, ton livre !

Kelya se baissa pour le lui rendre, mais la jeune fille effectua un mouvement de recul. Comme si le moindre contact de sa part était néfaste. Elle évitait même de la regarder dans les yeux.

— Apporte-le à la bibliothèque, lâcha-t-elle avant de s'éloigner.

Kelya caressa la couverture de ses doigts. Sa déchéance était contagieuse. Il ne fallait surtout pas la toucher ou entrer en contact avec elle de quelque manière que ce soit. Kelya apporta le livre à la bibliothèque, mais ne fut pas autorisée à glisser l'ouvrage sur les rayonnages. Ni même à emporter un livre à l'extérieur. Elle ravala ses larmes de frustration et décida qu'elle en avait assez. Assez de se conduire en esclave et larbin pour une faute dont elle ignorait tout.

Avec un calme qu'elle ne pensait pas posséder, elle gravit la tour de Cornelius et frappa à la porte de son bureau.

— Entrez.

Même sa voix la hérissait. Elle n'avait qu'une envie à cet instant : le détruire. L'enterrer au fin fond des Landes Noires. À la place, elle poussa la porte et se planta devant son bureau, dédaignant le siège qu'il lui désignait.

— J'en ai assez.
— Hmm ?

Il ne la regardait pas, le nez rivé sur son parchemin comme si elle n'était qu'un moustique de passage.

— J'en ai assez !

Cornelius releva la tête pour la fixer, d'un calme toujours absolu.

— Assez de quoi, Kelya ?
— De cette punition !
— De quelle punition parles-tu ?

Son ton doucereux à envelopper un serpent dans du marbre lui donnait des envies de meurtre. Il faisait exprès de la pousser dans ses retranchements.

— Les profs ne répondent plus à mes questions, les habitants ne me regardent plus, même les soigneurs ne veulent plus m'aider ! Je n'ai plus que l'accès à la bibliothèque, et encore ! Amila ne me laisse plus rien emprunter !
— Que suis-je censé faire ?
— Levez la punition ! J'ai compris, c'est bon !
— Qu'as-tu compris ?

Que tu n'es qu'un sale dictateur qui ne supporte pas l'opposition. Qu'il faut obéir aveuglément à ta loi absolue.

— Que Jarah se mérite... en respectant ses règles, souffla-t-elle malgré elle.

Cornelius lâcha enfin son parchemin et l'observa sans rien dire. Son inspection s'éternisa. Il la jaugeait de la tête aux pieds pour savoir si elle était digne d'une troisième chance.

— Très bien…

Oui ! Il pliait ! Cette tête de tarbuk acceptait de la laisser respirer. En espérant que ses ordres parviendraient rapidement aux autres habitants : elle en avait assez d'être bannie de la société.

— Mais à une condition.

— Laquelle ?

Rien ne pouvait être pire que l'indifférence à laquelle il l'avait condamnée. Elle était prête à tout accepter.

— Montre-moi ton mathiak. Je dois tester ton pouvoir actuel et voir les limites de ton contrôle.

Lui ouvrir sa conscience sans sommation ? Kelya n'aimait pas l'idée. Depuis l'épisode avec Zeyna, quelque chose chez Cornelius la mettait mal à l'aise. Elle ne pouvait pas lui faire confiance. Pas totalement. Il profiterait de l'occasion pour cerner ses pensées les plus secrètes.

Mais il n'y avait pas de place pour la négociation si elle voulait reprendre son apprentissage. Soit elle acceptait, soit elle continuait de subir. Avec un soupir, Kelya hocha la tête et s'assit. Cornelius déplaça sa propre chaise pour se positionner en face d'elle.

— Ferme les yeux, ordonna-t-il.

Elle s'exécuta tandis que les doigts de Cornelius se posèrent sur ses genoux. Elle retint son envie irrépressible de l'en chasser. Le contact permettait de connecter leurs mathiaks plus facilement en créant un couloir entre eux, selon le même procédé utilisé par les soigneurs. Grâce à son entraînement pour guérir Garrett, Kelya parvenait à accéder au sien. Sans pour autant utiliser ses capacités. Elle entrouvrit sa porte, laissant l'aura du Grand Mage s'infiltrer dans son esprit. Son imaginaire changea : la dune de sable chaud laissa place à une terre aride et désertique.

N'aie pas peur. Ce n'est qu'un simple test pour savoir où en est ton apprentissage.

Mais Kelya ne pouvait contrôler une émotion aussi brute. Elle n'avait jamais pu la verrouiller totalement et un flux noir s'échappa dans le ciel. Il voila les étoiles, au nombre des membres de sa tribu perdue.

Où se trouve ta réserve ?

Le paysage changea brusquement, flou, fluide, disparate. Ils se situaient désormais au milieu d'une tempête de sable. En son centre, un coffre finement ouvragé reposait, insensible au vent qui se déchaînait et soufflait sur lui.

Ouvre-le. Je n'y toucherai pas, j'ai besoin de voir ta puissance actuelle.

Kelya obéit et le coffre s'ouvrit, ses gonds claquant contre le bois. À l'intérieur, une sphère lumineuse battait au rythme de son cœur. Dans celle-ci, les huit couleurs des émotions tournoyaient sans relâche, se mêlant et s'emmêlant à l'infini.

Magnifique, souffla le Grand mage. *Magnifique.*

Un doigt sur ses lèvres. Qui ? Cornelius se trouvait à deux pas d'elle. Non, ce n'était pas dans le mathiak, mais… dans le monde réel ! Kelya claqua la porte de sa conscience et rompit le contact. Cornelius était agenouillé devant elle, ses mains… Ses mains glissaient sur ses cuisses, sa robe était bien trop remontée pour avoir seulement bougé d'elle-même. Les doigts de Cornelius marquaient sa peau d'une chaleur malsaine. Son souffle lui donnait envie de vomir. Elle ne voulait pas le sentir si près d'elle. Non, pas si près. Mais son corps ne lui répondait plus. Il était tétanisé. Couvert de honte. Son esprit hurlait à l'intérieur d'elle. Hurlait alors qu'elle assistait, impuissante, aux déplacements de Cornelius, toujours plus près, jusqu'à ce qu'il…

Kelya frappa son nez de son poing. Cornelius recula, soufflé par la force du coup, tenant ses narines dont s'écoulait le sang. Libérée. Kelya lui lança sa chaise à la tête, survoltée, emplie d'émotions qu'elle ne contrôlait plus. Son mathiak ne pouvait toutes les contenir. Les grains dorés s'échappèrent des pores de sa peau, comme une seconde enveloppe. Ils se dirigèrent vers l'homme à terre, entourant son cou d'une pression, de la pression qu'elle avait ressentie et qu'il lui avait infligée.

Il roulait des yeux fous, prononçant des paroles suppliantes qu'elle n'entendait même plus. Le monde avait pris une teinte orangée tellement les grains avaient envahi la pièce. Kelya sourit. Elle aimait contrôler. Non sa magie, mais ceux qui lui voulaient du mal. D'un geste, les grains obéirent à sa volonté. Elle repoussa violemment le corps de Cornelius. Il vola dans les airs et s'écrasa dans les vitraux colorés. Percé de bris de verre, il roula dans le sable noir. Kelya passa à travers le trou créé, indifférente aux éraflures qu'elle y gagna. Indifférente au sang qui collait à ses pas. Il devait payer. Payer la souffrance causée au centuple. Pour Zeyna et toutes les autres.

Combien de filles avait-il endormi dans leur mathiak pour disposer de leur corps dans le monde réel ? Combien n'avaient pas réussi à s'extirper de la peur ? Combien ne possédaient pas le démon à l'intérieur d'elles pour les protéger du danger ?

— Tu vas mourir.

Elle le tuerait de ses mains. Le dépècerait vivant. Étendrait sa peau en étendard contre tous ces types qui abusaient des filles. Un souffle chaud glissa sur ses épaules.

Non, murmura une voix écrasante dans son esprit. *Tu vaux mieux que ça. Ne deviens pas un monstre pour les chasser.*

Le charme se rompit. Le pouvoir s'échappa d'elle, se fracassant dans les dunes des Landes Noires. Il se déversa sans s'arrêter jusqu'à ce qu'il ne reste plus d'elle qu'une coquille vide. Brisée. Au-dessus de sa tête, Novisskric crachait son accord. Elle ne pouvait défier les dieux et surtout pas ceux affublés de deux grandes ailes reptiliennes.

Kelya déambulait dans le village de Jarah. Sans but. Sans vie. Elle était épuisée. Combattre Cornelius l'avait dépouillée de toute son énergie. Ses pas la conduisirent par réflexe dans son ancienne maison. Celle où elle avait vécu des moments insouciants avec ses amis. Holly et elle riant aux éclats. Zeyna dans ses livres. Jarod et ses pitreries. Garrett et sa patience infinie pour lui apprendre à jouer du luth. Tout ça s'effaça au moment où elle poussa la porte. Vide. Il n'y avait personne. Des bruits de pas retentirent derrière elle. Garrett.

— Kelya ! Tu vas bien ?

Il la fixait de ses yeux inquiets, le souffle court. Ses pupilles allaient et venaient et dévisageaient la moindre parcelle de son corps. De quoi avait-elle l'air avec sa robe à moitié déchirée, ses cheveux hirsutes et sa mine défaite ? Kelya sortit de la maison pour aller à sa rencontre, au milieu de la rue.

— Je… Cornelius…

L'ampleur de ce qui avait failli se produire… non, de ce qui s'était produit l'étouffa soudain. Sa digue craqua et les larmes jaillirent. Elle se saisit de la toge de Garrett et y enfouit son visage pour dissimuler sa faiblesse, ses pleurs, son corps secoué. Mais aucun bras ne vint l'entourer. Aucune parole de réconfort ne sonna. Rien que le néant. Il restait solide, figé.

Il pompe ta magie, petite humaine.

Elle redressa soudain la tête, avertie par une sensation viscérale. Kelya repoussa Garrett. Un éclat rouge brilla au-dessus d'elle. Novisskric.

— Jaynia ! cria quelqu'un.

Chapitre 7

Le mot d'alerte résonna contre les murs d'ivoire. Garrett s'éloigna sans même la regarder. Que se passait-il ? Le ciel était clair. Aucune tempête à l'horizon. Pas de bruit. Pas de bruit ! Kelya bondit sur le sol, juste à temps pour éviter le filet de magie qui visait sa tête. Ils étaient attaqués ! Non... *Elle* était attaquée. Elle seule. Les habitants de Jarah sortirent de sous les porches, des portes, des recoins de maisons, de derrière les caisses et sur les toits. Ils l'encerclaient. Tout cela était calculé. Parmi eux, des personnes connues.

Hylma. Morhass. Hollie. Jarod. *Même toi, Zeyna ? Toi qui sais l'horreur subie ? Même toi, tu préfères te cacher derrière tes semblables plutôt qu'affronter ton bourreau et défendre la voie juste ?* Alors, Kelya n'aurait-elle pas dû se débattre ? Pas dû remettre Cornelius à sa place ? Pires que les cailloux des villageois, leurs regards la blessaient comme de multiples coups de poignard.

— Pourquoi ? hurla-t-elle.

— Tu ne contrôles pas tes pulsions, expliqua Morhass. Nous devons bloquer ton pouvoir.

— Et Cornelius les contrôle, lui, peut-être !?

— Laisse-toi faire, ce sera vite fini, promit Hylma.

C'était injuste. Elle était la victime, mais celle qu'on accusait. Des larmes, de rage cette fois, perlèrent à ses paupières. Ils l'attaquaient alors qu'elle était au plus bas. Mais le désert était avec elle. Le désert l'aiderait toujours. Même s'il était le démon.

Des flux d'énergie jaillirent des habitants et l'entourèrent. Ils fusionnèrent et s'enroulèrent pour former une sphère de magie. Kelya la toucha du bout des doigts. Sursaut. Elle recula et garda les bras le long du corps. Les villageois resserrèrent leur cercle autour d'elle. La sphère rétrécissait. Elle serait bientôt prise au piège. Si l'onde la touchait trop longtemps, son pouvoir se tairait. À jamais. Mais pourquoi le désert ne l'aidait-il pas ? Pourquoi ?

Sa vie n'était pas en danger. Sa vie. Elle mordit dans sa main à pleines dents, cherchant le sang, cherchant ce qui pousserait le démon à la secourir. Une seule goutte glissa le long de son bras, mais sécha sur sa peau avant même d'atteindre le sol. La sphère s'approchait encore. Elle n'était plus qu'à trois pas d'elle. Le cœur de Kelya palpitait. Elle avait échappé à la mort dans le sable pour périr étouffée de magie. Ce n'était pas juste ! Elle cogna à la porte de son mathiak, cherchant à utiliser le pouvoir qu'elle avait dédaigné tout ce temps, pensant que les grains dorés répondraient toujours à son appel. Elle frappa, frappa plus fort. Sa conscience se refusait à elle.

Alors, elle hurla. Un cri de l'âme. Elle hurla sa colère, son injustice, sa vie. Sa survie. Tête rejetée vers le ciel. Yeux fermés. Bras tendus pour étendre son thorax et crier encore plus fort. Plus fort. Elle hurla jusqu'à ce que sa voix se brise. Jusqu'à ce que le bouclier frôle le bout de ses doigts. Ses cheveux. Son nez. Puis le bouclier s'arrêta.

Kelya rouvrit les yeux. Autour d'elle, il n'y avait plus rien. Rien que du sable. Des dunes réparties de manière bien trop uniforme. De la taille de maisons et d'êtres humains couchés. Plus rien ne bougeait. Tout avait été enseveli sous le sable.

L'effroi de ce qu'elle avait fait la saisit. Ils étaient morts. Tous morts. Le village rasé. Les murs engloutis. La sphère se volatilisa au moment où la dernière butte cessa de bouger. Morts… étouffés. Kelya resta figée. Qu'avait-elle fait ? Pourquoi l'avaient-ils forcée à ça ? Pourquoi ne pas l'aider à se contrôler plutôt que de la contraindre ? Elle ne souhaitait pas leur mort. Juste être libre. Libre d'agir et de vivre pleine et entière.

Un démon. Elle n'utilisait pas la magie du démon. Elle était le démon.

Chapitre 7

Un démon. L'engeance du mal. Ses pensées tournaient en boucle dans sa tête. Kelya errait sans but à travers les rues de Jarah. Tout moyen de subsistance avait disparu avec le village. Les quatre tours restaient droites, fières, immuables. Elle n'avait pas pu s'empêcher de gravir celle de Cornelius, comme d'effroyables marches de souffrance. Un exutoire nécessaire. Le sable recouvrait tout, ses grains craquaient sous ses pas alors qu'elle montait vers son bureau. Les livres étaient emmitouflés dans la dune qui avait glissé à travers les carreaux brisés. Il n'y avait pas la moindre trace du Grand Mage. Elle s'effrayait de la puissance à l'œuvre. De la puissance invoquée par son sang et ses cris. Sa colère. Jusqu'où le démon avait-il étendu son emprise ? Elle craignait d'être déjà corrompue, incapable de revenir en arrière. Déjà… inhumaine.

Sa gorge était serrée par un sentiment dont elle n'arrivait pas à se débarrasser. Tania l'aurait suppliée d'arrêter. D'arrêter d'utiliser ses pouvoirs. De s'en débarrasser. À tout prix. Mais il était trop tard. Elle n'aurait jamais dû goûter à la magie du démon. L'écouter quand il en était encore temps. Maintenant…

Maintenant, elle avait décimé un village entier.

C'est de leur faute.

S'ils ne l'avaient pas forcée à manier une magie étrangère à celle qui l'habitait, s'ils lui avaient appris à cadenasser le démon, s'ils lui avaient montré la voie de la sagesse, si Cornelius n'avait pas… *Cornelius. C'était de sa faute. Sa faute ! Pas la mienne, sa faute !*

Tout n'était pas perdu. Elle pouvait s'améliorer. Maîtriser ce démon. Contrôler ce pouvoir pour aider les tribus à ne pas disparaître, englouties par les tempêtes de l'azel. Elle devait le faire. Pour que la mort de… La mort de…

Elle s'effondra à genoux, paumes dans le sable qui glissait entre ses doigts. Des zones humides apparurent autour. Elle pleurait. Zeyna.

Holly. Jarod. Et... Garrett. Pourquoi se sentait-elle aussi mal à son sujet ? Il l'avait trahie. Attirée dans un piège alors qu'elle croyait qu'il venait l'aider. Pourquoi ne parvenait-elle pas à le détester tout à fait ? Elle pensait à son regard qui la couvait. À leurs longues séances quand il lui apprenait à jouer du luth. À ses joues qui s'échauffaient. Mais il l'avait trahie. Trahie. Trahie.

Le mot résonnait dans son crâne sans fin, laissant un goût d'amertume dans sa gorge. Elle n'avait plus rien à faire ici. Le sable emporterait le reste sans personne pour balayer ses rues. D'ici quelques années, Jarah ne serait qu'une dune parmi d'autres. Une dune parmi d'autres. Son nom deviendrait une légende, jusqu'à ce qu'il soit oublié. Certains marchands qui venaient les ravitailler s'inquièteraient peut-être jusqu'à se convaincre que les mages n'avaient pas su contrôler le démon. Que la magie était forcément mauvaise, car les plus experts y avaient succombé. Toutes les conséquences lui donnaient le tournis. Mais la plus importante d'entre elles était que personne ne devait la trouver ici. Sinon, elle serait chassée, traquée comme une bête à abattre. Personne ne devait rien savoir.

Sans rien emporter d'autre que de maigres provisions dénichées dans le bureau de Cornelius et de lourds souvenirs, elle passa à travers une fenêtre brisée et se glissa dans les Landes Noires, au milieu des grains qui faisaient la richesse de leur désert. Tant de grains. Inutiles. Comme elle.

Kelya avait à peine laissé Jarah derrière elle qu'une silhouette étrange surgit de nulle part devant elle. Une femme à la peau si noire dont les yeux émeraude ressortaient comme deux diamants bruts s'extirpa d'une ouverture. De l'autre côté du portail, le sable était

Chapitre 7

remplacé par une forêt aux arbres brûlés. La femme portait une cape bleu nuit, bien trop chaude pour le désert. Kelya fronça les sourcils.

— Je vous ai déjà vue, accusa Kelya.

Cette rencontre fortuite n'en était pas une. La femme sourit et abaissa sa capuche, dévoilant une multitude de tresses autour d'autres joyaux.

— En effet.

— Qu'est-ce que vous voulez ?

Elle devait être au courant du carnage qu'elle venait de perpétrer et pourtant, la femme était plus calme que jamais. Elle ne cillait pas devant ses yeux dorés.

— Je suis la reine des Wa's. Mais tu peux m'appeler Faith.

— Je n'ai pas foi en vous.

— Intelligente, avec ça.

— Qu'est-ce que vous voulez ? répéta Kelya.

Elle avait autre chose à faire que de rester plantée là dans le désert sous un soleil brûlant. Faith lui jeta une gourde d'eau qu'elle saisit au vol. Peu importaient ces intentions, Kelya ne pouvait dédaigner une ressource si vitale.

— Discuter. Faisons un bout de route ensemble.

Elle haussa les épaules et se désaltéra avant de reprendre sa marche.

— Je peux t'aider à contrôler ta magie. Mieux que ne l'ont fait les mages de Jarah.

— Personne ne peut contrôler ça.

— L'ordre des Passeurs, si.

— Qui ?

Même si elle ne comptait pas accepter quoi que ce soit, la curiosité était plus forte.

— Ils sont liés aux Chimères en personne. Grâce à elles, leur pouvoir est démultiplié.

— De quoi perdre encore plus le contrôle.
— Ou être assez fort pour le gérer.

C'était trop gros pour que Kelya envisage un seul instant cette réalité. Elle resta silencieuse. Seuls leurs glissements dans le sable émettaient du bruit. Kelya ne croyait pas que cette reine sortie de nulle part fût capable de l'aider.

— Je t'ai déjà aidée, avec succès.

Lisait-elle dans ses pensées ? Ou le visage de Kelya était-il si facile à interpréter ? Elle tenta de rester impassible.

— Comment ?
— En empêchant Cornelius de te mettre dehors quand tu as blessé ton ami.

Cornelius lui avait accordé une seconde chance car elle l'avait convaincu, pas grâce à l'intervention de la reine.

— Quoi ?
— L'envoi de volatyl est efficace et rapide.
— Comment vous saviez que...

Cette information était totalement incongrue et sortie de nulle part. Kelya ne pouvait y croire. La colère reprit le dessus, chassant ce qu'elle ne comprenait pas de son esprit. Cette reine n'avait pas choisi le bon sens des priorités.

— Vous m'auriez aidée en sauvant ma tribu ! Ou en tenant Cornelius à l'écart de moi ! Ou en empêchant Garrett de me trahir !

Le démon répondit à sa colère et des grains dorés s'extirpèrent du sable noir. Ils plongèrent vers la reine... pour disparaître aussitôt, comme aspirés par elle. Un mince sourire étira ses lèvres. Elle se moquait d'elle.

— Tu es seule. Sans ressources.

Ce constat amer lui fit l'effet d'une gifle. Elle n'avait jamais voulu tout cela. Si cela n'avait dépendu que d'elle, elle serait encore en train d'apprendre à contrôler le démon à Jarah. Mais au contraire, elle venait de perdre le contrôle, une fois de trop.

— Tes capacités peuvent m'être utiles. Sans que tu aies besoin de rejoindre l'ordre des Passeurs.

C'était bien la première à ne pas rejeter sa magie. Mais Kelya restait méfiante.

— Et en échange ?

La reine sourit et une perle noire apparut entre ses doigts. Elle la lui lança et Kelya s'en saisit avant qu'elle ne touche le sol.

— De quoi vivre confortablement.

Kelya rechignait à l'admettre, mais l'opportunité que lui présentait la reine ne pouvait pas être ignorée. Elle vendait ses compétences, mais quel autre choix lui restait-il ? Trouver une nouvelle communauté de mages pour apprendre la magie ? Elle ne recommencerait pas la même erreur.

— Que voulez-vous que je fasse ?

— Quelques missions bien rémunérées. Je suis à la recherche d'informations sur une vieille légende qui mentionne une source et des yeux dorés.

Des yeux dorés ? Comme elle ? La reine n'était pas venue la trouver par hasard. Elle voyait en elle un lien avec cette légende. Et si elle contenait le secret pour contrôler le démon ? Ou mieux, s'en débarrasser pour toujours ?

— Tu as compris pourquoi je préfère t'embaucher toi plutôt qu'un mercenaire aguerri.

Kelya hocha la tête, l'esprit tournant à plein régime.

— Reprends des forces. Je te recontacterai pour te donner ta première mission.

La reine se détourna d'elle et ouvrit un portail. À travers, le sable avait cédé la place à un paysage de forêt brûlée. Faith s'engouffra à l'intérieur et disparut, emportant l'image de cet autre lieu avec elle. N'aurait-elle pas pu l'emmener jusqu'à Linya à travers son portail au lieu de la laisser marcher dans le désert brûlant ? Kelya pesta contre cette femme et sa façon d'entretenir le mystère avant de reprendre sa marche au milieu des dunes et de ses doutes.

L'idée de la reine avait fait son chemin en Kelya. Mercenaire, chasseuse de prime : le métier parfait pour continuer d'enquêter sur son pouvoir et le démon. Elle avait rejoint le village de Linya la veille et profitait du calme du midi pour se reposer à l'ombre d'un mur. Les habitants avaient bien tenté de l'accueillir comme la dernière fois, mais une simple manifestation de ses pouvoirs les avait fait fuir comme une multitude de volatyls.

Kelya patientait, attendant un signe de vie de la reine. Un garçon courut vers elle, tenant dans sa main un parchemin. Il partit sans qu'ils aient échangé un seul mot. Kelya déplia son premier ordre de mission les mains tremblantes. Une petite bourse pleine de perles noires en tomba : plus qu'elle n'en avait jamais possédé dans sa vie. La récompense promise si elle réussissait valait le triple de son acompte. Avec ça, elle n'aurait même plus besoin de montrer ses pouvoirs pour vivre sur Swirith. Un visage était dessiné sur le parchemin au-dessus d'instructions :

Capturer vivante : Marsha Gwenfill
Elle possède des informations sur la légende.
M'avertir avec le sifflet joint quand ce sera fait.

Chapitre 7

Un sifflet ? Kelya fouilla dans la bourse et tâtonna les plis de ses vêtements. Où était-il ? L'avait-elle déjà perdu avant même de commencer ? Elle se releva brusquement et le sifflet tomba au sol. L'objet, la bourse et le parchemin rejoignirent aussitôt ses poches. Il lui fallait un sac. Un sac de chasseuse de primes. Kelya avisa un étendoir où du linge séchait. Elle s'empara de l'un des tissus et le noua.

— Hé, toi, là ! râla un homme.

Kelya se retourna pour lui faire face. À la vue de ses yeux, il se raidit.

— Tu... tu peux le prendre. C'est bon. Vas-y.

Kelya prit tout son temps pour partir, savourant l'effroi figé de l'homme plus que de raison. Elle n'aurait pas dû, mais c'était tellement agréable d'avoir le rôle du bourreau plutôt que de celui de la victime. Elle marcha sur lui et vit nettement des gouttes couler le long de son front. Elle déplia le parchemin, faisant tomber le sifflet et la bourse au sol.

— Tu l'as vue ?

L'homme secoua la tête avec beaucoup trop de vigueur pour être honnête. Kelya se baissa et extirpa une perle de sa bourse.

— Si tu me dis où elle est, je te donne ça. Mais si tu me mens... Pourquoi crois-tu qu'il n'y a plus de mages à Jarah ?

Des grains dorés voletèrent dans l'atmosphère et l'homme retrouva sa langue : la femme avait été aperçue il y avait une semaine et posait des questions étranges sur une source magique. Elle suivait une caravane de marchands qui approvisionnait les villages. Kelya rangea ses affaires dans son sac, emprunta des provisions et commença ses investigations.

Ses yeux dorés étaient un atout. On lui répondait vite et bien, de peur qu'elle ne laisse jaillir le démon chez eux. Elle aimait apercevoir cet éclat de terreur dans leurs regards. Elle savait qu'ils n'oseraient pas s'en prendre à elle si elle faisait suffisamment peur. Parfois, elle attisait un peu la rumeur en laissant son pouvoir agir, laissant s'envoler les grains de sable d'une façon peu naturelle qui faisaient blêmir les habitants. Sa réputation enflait et déformait la réalité, lui prêtant des crimes qu'elle n'avait pas commis.

Elle s'en tenait à ses principes : pas de meurtre, juste de la peur. Mais la femme continuait de la fuir. À chaque fois que Kelya pensait la rattraper, elle découvrait que sa cible avait pris plus d'avance que prévu. Durant des semaines, elles jouèrent au chat et à la souris, mais Kelya voyait son stock de perles noires diminuer dangereusement.

Alors, au lieu d'essayer de la coincer dans un village, elle tenta d'intercepter la trajectoire de la caravane. Les nomades suivaient les étoiles pour ne pas se perdre et Kelya pouvait extirper l'itinéraire de ses souvenirs. Les bêtes avaient besoin de plus d'eau qu'une personne seule et devaient s'abreuver à une oasis. Au début, elle eut du mal à se repérer correctement et faillit même rater le village suivant. Puis, de fil en aiguille, elle gagna en assurance et tomba sur les traces encore fraîches des tarbuks au point d'eau enterré. Ils tiraient des charrettes semblables à celles de son enfance… Kelya se revoyait encore courir entre elles au petit matin, quand la fraîcheur de la nuit rencontrait la chaleur du jour.

Un jour, enfin, elle rattrapa sa cible. Perdue au milieu d'une dizaine de nomades. Kelya ignorait sous quel turban elle se cachait, mais elle se montrerait d'elle-même. Quand la présence de Kelya serait découverte, la femme s'enfuirait. Sa proie était recherchée depuis un moment et devait le savoir : on ne pouvait échapper longtemps à son propre visage placardé dans les rues.

Kelya progressa lentement, invisible parmi les dunes. S'approcher le plus possible avant de l'attaquer pour que l'écart soit le plus petit quand la femme se mettrait à courir. À un moment, elle n'eut plus d'autre choix que d'avancer à découvert, sans dune, végétation ou rocher pour se dissimuler.

Les bêtes trahirent son approche. Elles bougèrent la tête dans sa direction en renâclant. Son odeur ! La magie frappa à son mathiak au même moment où une silhouette se détacha de la caravane et se mit à courir. Kelya ignora les autres membres de la tribu et se précipita à sa suite. La pression contre son mathiak augmenta, mais personne n'entrerait plus jamais dans sa conscience. Elle était blindée et n'avait pas besoin d'y accéder pour pratiquer la magie. Elle n'en avait jamais eu besoin, en réalité.

Le sable ralentissait leur course, mais Kelya possédait l'avantage de pouvoir profiter des empreintes de sa proie. Celle-ci jetait des coups d'œil par-dessus son épaule, espérant peut-être que Kelya tombe ou faiblisse. Elle n'avait encore rien vu. La chasseuse n'avait même pas encore pris la peine d'appeler le démon à elle. Elle aimait pousser son corps au maximum pour voir que sa jeunesse surpassait celle de sa cible. Tant qu'elle n'aurait pas enlevé son turban bleu, Kelya ne pourrait pas confirmer son identité. Elle n'avait pas retenu son nom, mais ses traits avaient été mémorisés aussi sûrement que ceux de Cornelius quand il avait compris son erreur.

Sa cible le comprendrait aussi. Le vent claqua dans ses vêtements. Les grains s'infiltraient dans ses narines. Sa proie s'essoufflait. Elle ne tiendrait plus longtemps. Kelya non plus, mais toutes deux avaient un but qui les poussaient en avant. La première aspirait à vivre, la deuxième à prouver sa valeur. Si elle réussissait ce coup, elle serait assurée d'obtenir les contrats de la reine en priorité. La femme trébucha. Kelya sourit. Elle était sur elle. Sa cible se retourna sans prendre la peine de se relever. Elle était perdue et le savait.

— Enlève ton turban, ordonna Kelya, sa voix claquant comme un fouet dans l'immensité du désert.

Son cœur battait à tout rompre. Elle avait réussi. La femme obéit et défit le tissu.

— Non ! hurla Kelya.

Elle avait été bernée comme une enfant. Ce n'était pas le visage recherché. Rien qu'une diversion. La femme sourit et secoua la tête.

— Sais-tu au moins ce que tu traques ?

Kelya tourna les talons, cherchant des yeux les silhouettes de la tribu. Elles s'étaient suffisamment éloignées pour laisser le temps à sa vraie cible de s'enfuir.

— Tu pourchasses ce qui pourrait te sauver, fille aux yeux dorés.

Kelya ignora ces divagations et se remit en chasse. Elle avait assez perdu de temps. Il était hors de question qu'elle en gaspille davantage. Ses ressources étaient épuisées. C'était maintenant ou jamais. Elle s'ouvrit à son pouvoir et lâcha la bride de la bête qui sommeillait en elle. Les grains dorés se soulevèrent du sable et tissèrent l'itinéraire qu'elle venait de prendre. Poussée par la propre force du désert, elle reprit sa course à vive allure. Elle avala les quelques mètres précédemment parcourus et avisa la tribu qui poursuivait vers l'est. Où était-elle ? Où était-elle ? Ses yeux cherchaient désespérément un indice à travers les dunes. Si seulement elle pouvait voir au travers du sable…

À peine eut-elle formulé cette pensée qu'une lumière dorée l'éblouit. La tribu flamboyait de mille feux. Non… C'était ses membres qui brillaient comme des chandelles mouvantes en fonction de leurs pas. Kelya tourna la tête et repéra la femme abandonnée au turban bleu, derrière elle, dans le sable. Elle regarda dans la direction opposée. Une silhouette isolée courait. Une cible mouvante aussi facile à discerner que de l'or dans de la terre brûlée.

Puisant son énergie dans les Landes Noires, Kelya reprit sa course. Ses pas effleuraient à peine le sable, aussi vite que le lui permettaient ses muscles. Sa cible se rapprochait à vue d'œil. Kelya ne se laisserait pas berner une seconde fois. Il n'y avait plus de doute possible. Dès que sa proie fut à portée, elle lança les grains dorés qui s'enroulèrent autour de ses chevilles. La femme chuta, mais continua de se débattre. Ses mains glissaient dans le sable, cherchant désespérément une prise. Elle ne risquait pas d'en trouver.

— Enlève ton turban, ordonna Kelya.

La femme l'ignora, tentant de se libérer de la poigne magique. En vain. Ses efforts étaient inutiles. *Pauvre petite souris qui ne sait pas voir quand son heure est venue.* Soudain, la femme lui jeta du sable au visage. Kelya lâcha prise et pesta. Mais sa proie n'alla pas bien loin. Dès qu'elle se fut reprise, Kelya l'enveloppa à nouveau du flux de grains dorés et se jeta sur elle. Elle lui arracha son turban qu'elle jeta au loin, puis déplia le parchemin pour comparer les visages. C'était bien elle.

— Marsha… Gwenfill. Vous êtes en état d'arrestation. Si vous continuez à vous débattre, je serai contrainte de vous tuer.

Elle espérait ne pas devoir en arriver là. La reine la voulait vivante et elle restait un être humain. Une vie. Elle n'avait jamais tué personne. En tout cas, jamais de pleine volonté, en pleine conscience. Elle s'était promis de préserver le peu d'innocence qu'il lui restait. À la place, Kelya utilisa le sifflet et un son strident emplit le désert. Marsha cessa aussitôt de se débattre pour la toiser de ses yeux clairs.

— Tu ne sais pas ce que tu fais, la mioche.

Mioche. Kelya avait envie de lui faire bouffer du sable. Elle avait quatorze ans, elle n'était plus une enfant !

— Si, je le sais.

— J'ai en ma possession des informations inestimables. Relâche-moi et je te dirai tout.

— Tu rêves.

Si elle la libérait, sa proie s'envolerait sans rien lui révéler. Kelya avait été assez dupée dans sa vie pour se méfier. Soudain, un portail se forma à deux pas d'elles et la reine s'extirpa de son paysage aux arbres brûlés pour rejoindre les dunes.

— Bon travail.

Elle lança une bourse en direction de Kelya et empoigna la femme.

— Tu peux relâcher ton pouvoir, je la contrôle.

La reine força Marsha à avancer vers le portail, mais s'arrêta brusquement. D'un coup vif, elle frappa la femme et lança un nouvel objet dans les airs vers Kelya. Un objet tranchant : son poignard. La chasseuse se baissa vivement. La reine allait-elle la trahir ? Le couteau tomba au sol dans un bruit mat. Faith s'était déjà détournée d'elle, mais lâcha :

— Tu devrais prendre soin de tes affaires. Je t'informerai de la suite.

La reine disparut dans le portail, la laissant encore une fois seule au milieu du désert.

Chapitre 8

Le bivouac

— Elias !

Elias revint à lui. Il toussa l'eau qui s'était infiltrée dans ses poumons. Ses vêtements trempés collaient à sa peau. Une frappe bourrue le remit sur pied.

— Turkin, j'ai cru que t'étais mort, gamin.

— Elias !

Des petits bras l'enserrèrent tandis qu'on se jetait contre sa poitrine. La force de Maël le surprit et le toucha à la fois. Il ne pensait pas s'être attaché à l'enfant et encore moins l'inverse. Mais pourquoi aucun roulis ne secouait le plancher ? Où se trouvaient-ils ? Isaac souleva son neveu et le porta comme un sac sur son épaule. *Et ça recommence*, maugréa-t-il. Il détestait ce moyen de transport.

— Pas l'temps de traîner, là.

L'odeur d'embrun flottait toujours dans les airs, même si elle imprégnait aussi leurs vêtements. Isaac marchait à vive allure, sans préoccupation pour les cahots qu'Elias subissait. Les petits pas de Maël les suivaient et résonnaient sur le pavé.

— Le port ? demanda Elias.

— Y en a plus ! répondit Maël.

— Il s'est effondré quand t'as décidé de prendre un bain.

Plus étrange : la foule paraissait silencieuse, comme apaisée… ou morte.

— Où sont tous les gens ?

— En train de sauver ce qui peut l'être.

— Et le pêcheur ?

— L'a pris un bain aussi ! répondit Maël.

Elias n'avait pas dû être le seul à plonger dans l'eau. Si lui avait raté son saut, les autres avaient dû être emportés par l'effondrement des embarcadères ou la force du roulis. Comment s'en était sorti Maël ?

— Et toi ? Tu as fait comment ?

— Je m'y suis accroché sur ta branche !

Sa branche ? L'enfant devait parler de son bâton. Alors, son sort avait fonctionné, même s'il ne savait trop comment il s'était débrouillé. Tout ça était flou. Il ne se rappelait que sa sensation de chute qui lui tournait encore la tête et cette odeur de poussière planant dans les airs.

— J'vous ai repêchés comme deux poissons, marmonna Isaac.

Quand la senteur des feuilles humides et coupées remplaça celle de la peur, son oncle le lâcha. Le vent frais avait gelé Elias jusqu'à ses orteils.

— Le mioche, va chercher des branches.

L'enfant s'exécuta en courant, bruissant dans les feuilles mortes. Isaac ramassa plusieurs pierres qu'il posa en un même tas tandis qu'Elias ôtait ses chaussures. Ses pieds touchèrent l'herbe drue. Ils n'étaient qu'en bordure de la forêt.

— J'sais pas ce que t'as fait, gamin, mais tu l'as sauvé. Comme si t'savais où il était…

— Je… Je l'ai vu.

Les pierres cessèrent de s'entrechoquer.

— Quoi ?

— J'ai vu une silhouette sombre, comme à chaque fois qu'il a... peur.

Elias n'arrivait pas à comprendre ce phénomène. Il n'en avait jamais entendu parler dans ses cours ni ailleurs.

— Hmm, se contenta de répondre Isaac.

Maël revint à ce moment-là, énumérant les branches à mesure qu'il les posait dans les cailloux. Le craquement du bois qu'on brûle suivit, mais sa chaleur ne se ressentait pas encore.

— Tout nu, allez ! ordonna Isaac.

Les grands pas d'Isaac les avaient éloignés du bruit de la ville qui se rappela bientôt à eux. Le roulement des roues de bois sur les charrettes reprit dès le lever du jour. Les habitants fuyaient. Ils devaient être proches de la grande route par laquelle ils s'étaient perdus à leur arrivée pour qu'Elias perçoive aussi bien toute cette agitation. Ses deux compagnons ronflaient encore comme des bienheureux, pas perturbés pour un sou par toute l'effervescence ambiante. À croire qu'ils s'étaient tellement habitués à ce que rien ne tourne plus rond que le sommeil et les besoins primaires passaient au-dessus du reste. Elias se redressa et tâtonna jusqu'à retrouver le bâton apporté par Isaac la veille. Rien que du bois ; il n'avait pas pris la peine de l'enchanter et la réserve de son mathiak s'était affaiblie quand il avait sauvé Maël. Même si au vu des émotions fortes qu'il vivait ces derniers jours, celui-ci ne tarderait pas à se remplir à nouveau. Elias n'avait jamais eu les capacités de son père, mais il n'était pas non plus à plaindre.

D'autres ronflements emplissaient l'atmosphère : ils n'avaient pas été les seuls à choisir de dormir hors de la ville de crainte qu'un bâtiment ne s'écroule sur leur nez.

Après les récents évènements, Elias n'avait plus si peur de l'inconnu. Il ne redoutait plus un éventuel pillard. Aussi, il se redressa et entreprit de réchauffer leur feu. Mains tendues, il sentait un peu de chaleur, signe que les braises n'étaient pas totalement éteintes. De son bâton, il fouilla dans le foyer et un crépitement lui répondit. Il lui fallait du bois. Ils n'étaient pas trop loin de la forêt. D'après ses oreilles, il faisait face à la grande route, alors la forêt devait se trouver derrière lui. Il effectua donc un demi-tour, bâton en avant raclant le sol jusqu'à ce qu'il atteigne le couvert des arbres. Ce ne fut pas bien long. Il se baissa pour ramasser quelques branches et fit à nouveau demi-tour.

— Tu es bien courageux.

Son fagot tomba. D'où sortait-elle ? Il n'avait entendu personne approcher.

— Excuse-moi, je ne voulais pas te faire peur.

Elias marmonna que ce n'était rien et entreprit de se baisser pour refaire son fagot. Un parfum suave l'enveloppa dans un bruissement d'étoffe. Il se redressa et une main fraîche joignit des branches à celles qu'il portait déjà contre lui.

— Qui êtes-vous ?

— Je suis Faith. Je peux t'aider ?

— Le feu de camp est bien par là ?

Il indiqua du menton la direction présumée de l'endroit d'où il venait. Faith manifesta son accord et le suivit. Agrippant son bâton d'une main, les branches ramassées calées sous l'autre bras, il redescendit la petite butte. Son bâton heurta quelque chose.

— Gamin, râla Isaac. Regarde où tu marches.

Il le faisait exprès ! Elias souffla et lui jeta les branches dessus.

— Pour info, j'vois rien !

Il le contourna au jugé et s'assit à côté. Son oncle grommela et le crépitement du feu reprit. La femme s'approcha d'eux :

— J'aimerais discuter.
— Qui êtes-vous ? demanda Isaac.
— Je suis la reine des Wa's. Mais appelez-moi Faith.

Il entendit un bruissement de tissu, signe qu'Isaac s'était levé. Une reine d'un autre continent ? En plein milieu d'un camp de réfugiés ? C'était inhabituel.

— Je souhaite vous aider.
— À quoi ? s'agaça Elias. Vous êtes capable de reboucher les trous ? De retrouver mes parents ? De me redonner la vue ?
— Presque.

Elias éclata de rire.

— Ne vous moquez pas de moi ; je suis aveugle, pas idiot.
— Pas si aveugle que cela. N'as-tu pas observé des silhouettes sombres ces derniers temps ?

Cette femme l'inquiétait. Elle en savait beaucoup trop sur lui alors qu'il ignorait tout d'elle. Il n'avait parlé qu'à Isaac de cette drôle de vision. Ou alors elle avait écouté leur conversation. Depuis quand les espionnait-elle ? Un frisson descendit le long de son échine. Il ne lui faisait pas confiance.

— Non, répondit-il.
— Tu possèdes un pouvoir infini. Tes yeux sont spéciaux. Tu vois au-delà. Tu es une source.
— Une source ?

Même si sa vision était étrange ces derniers temps, il ne comprenait pas en quoi son pouvoir s'apparentait à une source. Aucune eau ne sortait de ses yeux.

— Hmm… marmonna Isaac. Et qu'est-ce que ça peut vous faire ?
— Je peux l'aider, reprit Faith.

« Aider », « aider », elle ne répétait que ça, mais Elias ne saisissait pas à quoi elle pourrait bien lui servir.

— Rejoins l'ordre des Passeurs et je t'apprendrai à contrôler ce qu'il y a en toi, insista-t-elle.

Un bruit sourd retentit soudain alors que des éclats brûlants voletèrent. Isaac venait de lâcher une bûche entière dans le feu.

— Il rejoindra rien du tout, gronda son oncle. On n'a pas b'soin d'vous.

Elias aurait été prêt à tout pour comprendre, mais son oncle n'était pas de cet avis. Dans le fond, il avait raison. Rejoindre un ordre en échange des connaissances ? Si elle avait vraiment voulu les aider, elle n'aurait pas proposé de marché.

— Je… ne veux pas de votre aide, refusa Elias.

Le parfum de la femme se déplaça sur sa gauche et se dispersa. Sa voix s'éloigna :

— J'espère que quand le moment viendra, tu l'accepteras.

Isaac s'assit à côté de son neveu et lui donna son bâton qu'il avait laissé tomber.

— L'a p'tèt pas tort. Ce serait possible que t'aies un pouvoir spécial, vu c'que tu m'as dit hier.

Sa vision qui lui montre des masses obscures ? Fallait-il penser à ce genre de folies ? Et pourtant, Elias attendait les paroles de la reine en désespoir de cause, comme si elles allaient définir ce qu'il était.

— J'crois que tes parents avaient raison. Sur cette histoire de légende. L'expérience de ton père a fait quelque chose à tes yeux.

— Ça fait trois ans ! Pourquoi maintenant ?

— T'as fichu quoi pendant trois ans avant que je fasse un trou dans ta porte ?

Pas grand-chose. Mais il ne pouvait se résoudre à l'avouer à voix haute. Il s'était renfermé sur lui-même et avait attendu que ses parents trouvent un remède qui n'était jamais arrivé. Sans l'effondrement de Nelor, il serait toujours au même endroit à vivre la même vie… non, à survivre à chaque lendemain. En soi, pas un avenir très reluisant.

— Dans ton cocon étroit, rien ne risquait de se déclencher. On trouvera sans elle, t'en fais pas.

— Une reine qui veut m'aider, c'est bizarre, non ?

Elias n'arrivait toujours pas à comprendre comment elle l'avait trouvé et pourquoi elle tenait tant à lui.

— Le pouvoir, gamin. Si elle a raison, tu es puissant. Mais il faudrait savoir ce que tu vois exactement. Ça pourrait t'être utile.

— Qu'est-ce qu'il voit ?

Maël s'était réveillé et incrusté dans la conversation comme s'il y participait depuis le début. On ne pouvait rien cacher longtemps à ce petit malin.

— Je vois, je vois… que tu vas tomber dans un trou !

Elias jeta son bras dans sa direction pour le faire basculer, mais ne rencontra que le vide. Déséquilibré, il trébucha dans l'herbe sous les rires du mioche.

— Je vois que tout va bien par ici.

Une voix douce et cristalline s'éleva dans l'atmosphère accompagnée d'un parfum sucré. Le cœur d'Elias rata un battement. Il se releva vivement et épousseta ses vêtements au hasard pour chasser tout éventuel brin d'herbe. Bizarrement, il n'aimait pas l'idée de se trouver dans une position incongrue devant une fille, alors que ce genre d'idée ne lui avait jusque-là jamais traversé l'esprit.

— T'es qui ? demanda Maël alors qu'Elias cherchait encore à reprendre une contenance.

— Je suis de la tour des prêtresses. On vient rencontrer les réfugiés de Zernyth qui ont dormi à la belle étoile pour voir s'ils n'ont besoin de rien.

— Ça ira, coupa court Isaac.

— Je... Elias.

Il tendit son bras en avant, dans la direction de la voix. Il espérait ne pas rougir jusqu'aux tempes et surtout cherchait à échapper à ce trouble qui l'avait pris. Si ça se trouve, c'était une vieille dame sans dents. Une main fraîche à la peau aussi douce que sa voix se saisit de sa paume. Pas une vieille dame.

— Oh... tes yeux. Tu es aveugle ?

— Alizée ! cria un garçon à quelques mètres.

— J'arrive !

Une pierre tomba dans l'estomac d'Elias. Elle avait vu son infirmité et en plus était déjà accompagnée. Il lâcha sa main et essuya sa moiteur sur sa cuisse.

— J'y vais. N'hésitez pas à me dire si vous avez besoin de quoi que ce soit avant de partir !

— Elle y est jolie avec toutes ses tresses, commenta Maël.

— Rangez les affaires, ordonna Isaac. J'reviens.

— Où on va ?

— Vers l'ouest. Y a un camp de réfugiés à trois jours de marche. Si on a une chance de retrouver tes parents, c'est là-bas.

Elias repoussa aussitôt l'espoir qui était monté à ses paroles. Ce ne serait pas le cas. Avec les récents évènements qui leur étaient tombés dessus, Elias était pessimiste. Le continent ne cessait de partir dans tous les sens et ne risquait pas de guérir.

Faith observait le camp de réfugiés en contrebas qui se réveillait lentement mais sûrement. Les convois partaient un par un, certains transportant bien plus que le raisonnable sur leur dos. Au bout de quelques heures, des affaires seraient abandonnées sur le bord du chemin. Faith avait une vue dégagée sur tout ceci depuis une colline verdoyante. Elle réfléchissait à la conversation tenue avec Elias et son oncle. Cela faisait si longtemps qu'elle évitait les humains qu'elle avait oublié comment leur parler et les convaincre. La plupart de ses recrues refusaient souvent son aide, à moins d'être dans une situation désastreuse, mais cela la travaillait. Rejoindre un ordre capable de les protéger et de contrôler leurs pouvoirs ne suffisait pas.

Elle rangea une de ses tresses derrière son oreille et tourna machinalement la bague émeraude autour de son doigt. Le temps que ses recrues acceptent de la rejoindre, elle ne pouvait se permettre de les perdre dans un caprice du continent. Les flux d'énergie étaient si instables, si fragiles. Et les personnes aptes à réussir le rituel si rares. Ce cas-ci était unique et ajouterait beaucoup de force à la synergie du groupe. Elle ne pouvait pas repartir dans de nouvelles recherches de talents.

Elle se retourna vers les deux Chimères guides à qui elle avait confié ses protégés. Novisskric, le dragon de la colère, s'était exceptionnellement posé. Il avait avancé son énorme tête vers elle et une forte chaleur s'en dégageait. Ses pupilles de nacre semblaient prêtes à la dévorer et ses écailles rouges brillaient de mille feux. Littéralement. Sombermongrel, le molosse de la peur, se dissimulait dans l'ombre du dragon, car il détestait la lumière sous toutes ses formes. Cela n'empêchait pas de distinguer ses trois yeux et ses multiples rangées de dents, sortis tout droit des pires cauchemars. Quand on le rencontrait pour la première fois, on était toujours saisi de terreur à la vue de cette chape de ténèbres qui paraissait pouvoir engloutir tout espoir et toute vie. Dissimulée à l'intérieur, on discernait les peurs de la race humaine, comme la tranche d'un livre qui ne se dévoilait qu'à peine.

Faith les connaissait depuis de nombreuses années et n'était plus impressionnée par leur aspect et l'énergie qui se dégageait d'eux.

— Où en sont vos protégés ?

— *Le garçon n'a pas encore saisi l'étendue de ses pouvoirs, mais a gagné en autonomie.*

— *La fille est toujours aussi butée et presque sourde à mes appels. Sa puissance reste brute.*

— Bien. Continuez à les suivre de loin.

Le dragon cria son assentiment et s'éleva dans le ciel jusqu'à se fondre dans les nuages. Le molosse ricana de ses multiples dents et disparut dans une vape de ténèbres.

— Isis.

Sa première passeuse s'avança vers elle, le front plissé.

— Ouvre un portail stable à cet endroit précis. Ils en auront besoin.

Elle lui tendit un parchemin enchanté qui indiquerait les coordonnées comme une boussole vivante, ainsi que les lieux de départ et d'arrivée. Isis ne posa pas de questions ; elle lui faisait assez confiance pour se fier à son jugement.

— Et vous ?

— Quelques buveurs d'âmes m'ont été signalés. Ils n'ont rien à faire ici. Retrouvons-nous à Belme.

Isis la salua et partit aussitôt en emportant son cornet et son paquetage. Les buveurs d'âmes étaient généralement issus du peuple de Faith. Que faisaient-ils hors de Wawata et surtout dans quel but ? Durant de longues années, Faith avait développé une force de magie spéciale : les buveurs d'âmes.

Ils aspiraient la magie des hommes et femmes et la transféraient dans les perles noires. Ces perles étaient une réserve de magie brute dont n'importe qui pouvait ensuite se servir. Elles étaient très vite devenues une monnaie d'échange et avaient assuré l'économie de son peuple. Ainsi, si des buveurs d'âmes agissaient avec des intentions malveillantes, quelqu'un finirait par le lui reprocher, même si elle n'y était pour rien. Ses missions diplomatiques à venir risquaient d'être compromises par l'activité de personnes peu scrupuleuses.

Avant de partir, Faith sortit sa lunette et la plaça devant son œil. Les flux de magie se révélèrent et elle soupira. Tout était si instable. Il y avait peu de chances que Nelor survive à ce déséquilibre. Elle espérait juste que les évènements tourneraient en sa faveur, et surtout assez rapidement pour éviter que le mal ne s'étende au-delà du continent.

Une multitude de feux de camp signalèrent au groupe d'Elias que le bivouac approchait. Ou plutôt les cris enthousiastes de Maël qui venait de décréter que les étoiles étaient tombées dans un champ. Enfin. Elias n'en pouvait plus. Ses pieds souffraient le martyre. Ses mains étaient pleines de cals à force de tenir son nouveau bâton devant lui pour ouvrir la voie. Il ne l'avait pas enchanté, celui-là, préférant le bois pur et brut. Il avait assez à faire avec cette drôle de vision qui lui venait par flashs, sans lui montrer la vie réelle, mais plutôt ces teintes colorées qui s'attachaient à des silhouettes.

Elias était enfin parvenu à la déclencher sans attendre les moments de panique. Ainsi, Maël brillait de jaune et courait au-devant d'eux, tandis que la couleur d'Isaac battait d'un violet sporadique comme un cœur fatigué, deux pas derrière lui. Elias arrêta de se concentrer et aussitôt, sa vision cessa. Le mal de tête revint au galop et frappa dans son crâne avec force. Des odeurs de fumée lui parvinrent, mais soudain, la main d'Isaac l'arrêta net. Elias entendait quelques bruits de voix au-delà de cette frontière.

— On aura une tente, nous aussi ? s'agita Maël.

— Nom, prénom, ville d'origine, déclama une voix fatiguée.

Isaac renseigna la personne qui en héla une autre :

— Hé ! Thelma ! Guide-les à la tente vingt-huit, s'il te plait.

— Non, non, attends, je n'ai pas fini de prendre mes relevés… protesta la voix d'une femme quelques mètres derrière eux.

— Est-ce que mes parents Beth et Yvan sont là ?

— J'sais pas, gamin, faudra voir avec le registre demain matin. Z'arrivez tard, vous avez de la chance que j'vous fasse pas camper à la belle étoile. Thelma !

— Juste un petit instant !

— Je vais fermer le camp, Thelma…

— Oui, c'est bon, je range et j'arrive.

— Maintenant !

Une porte en bois grinça lentement. Maël pouffa. Un fracas d'ustensiles retentit, suivi d'un pas de course.

— Voilà ! Tu sais bien, Ferenz, que les relevés sont meilleurs de nuit. La saturation magique est plus visible et…

— Ouais, ouais, allez, bonne nuit, s'éclipsa le garde.

Elias respira. Le bivouac avait l'air d'être au moins entouré de rondins de bois, signe qu'il pourrait dormir sur ses deux oreilles, sans chien bizarre pour le hanter.

— Tu seras bien content si j'arrive à prévoir qu'un trou va s'ouvrir sous tes pieds ! poursuivit Thelma. Je suis la seule garante de votre sécurité !

— T'es un garde ? demanda Maël.

— Non, je suis une exploratrice ! Je suis sur Nelor spécialement pour comprendre ce phénomène naturel extraordinaire et…

— Où est la tente ? l'interrompit l'air bourru d'Isaac.

— On y va, on y va, mais il faut d'abord passer par l'armurerie. Les armes sont interdites dans le camp. Mon matériel aussi, d'ailleurs, grommela-t-elle. Pourtant, ce sont des outils fragiles qui ne servent qu'à mesurer les flux d'énergie et…

— Vous avez un télescope ? demanda Elias.

— Ah, oui ! Un télescope pour les étoiles et une lunette pour voir toute cette magie qui nous entoure. Regarde !

Elle fouilla dans son sac, sans doute pour lui montrer un objet.

— Y voit rien ! cria Maël.

— Oh, pardon.

Tiens, la gêne réussissait à la rendre muette. Les pieds d'Elias s'emmêlèrent soudain dans une petite marche, mais la poigne puissante d'Isaac le rattrapa par l'épaule, l'empêchant de tomber dans le tas d'armes qui devaient reposer là.

— Laissez tout ici avec votre nom, l'intendant enregistrera vos armes demain matin.

Isaac maugréa et s'exécuta sans broncher. Au vu des récents évènements, Elias n'aurait pas aimé se sentir à la merci de n'importe qui. À son avis, son oncle avait gardé un poignard quelque part, bien dissimulé sous une couche de vêtements. L'air frais de la nuit s'enroula autour d'Elias qui frissonna, attendant d'enfin pouvoir s'asseoir sur autre chose que des cailloux et de l'herbe.

— Ton lance-pierre aussi, mon petit.

— J'suis pas p'tit ! protesta Maël.

— La tente, maintenant, râla Isaac.

— J'attends que le jeune homme se désarme.

Quoi ? C'était de lui qu'elle parlait ?

— Je ne suis pas armé.

Il valait mieux éviter de mettre un objet dangereux entre ses mains. S'il l'attrapait du mauvais côté, il risquait de se blesser lui-même avant de pouvoir commencer à se défendre.

— Ton bâton est bien trop grand.

— Si je n'ai plus de bâton, c'est moi qui vais me transformer en arme en marchant dans tous les bouts de tentes qui dépassent, ou dans les feux de camp, ou sur les orteils…

Elias sourit doucement, espérant l'amadouer, attendant que l'idée fasse son chemin dans la tête de l'exploratrice.

— Tu expliqueras ça aux Ordres, soupira Thelma. Allez, les malotrus, direction votre tente ! C'était la combien déjà ?

— Vingt-huit, maugréa Isaac.

Les Ordres ? Évidemment, la Cour avait dû envoyer des hommes et des femmes pour mettre en place ce bivouac aussi bien organisé. Il n'avait pas pu pousser tout seul au milieu de la vallée. Et qui de mieux placés que les sorciers et les prêtresses, les magiciens les plus puissants du continent ? Peut-être même qu'il y reverrait Alizée, la fille aux tresses. Thelma continua de discourir sur Nelor et ses recherches, alimentée par les questions continuelles de Maël qui adorait qu'on réponde enfin à tous ses « pourquoi ». Elias perdit vite le fil de la conversation, concentré sur cet environnement qu'il ne connaissait pas. Il y avait beaucoup de choses qui traînaient à droite et à gauche du sentier, très étroit par endroits. La moindre erreur et il se retrouverait par terre. Isaac eut pitié de lui et l'allégea de son sac. Au bout de ce qui lui parut une éternité d'obstacles, Thelma s'arrêta enfin.

— Vous avez de la chance, vous êtes au bout du camp ! Pas de ronflements pour vous ce soir.

— Si, Isaac ! rit Maël.

— Bonne nuit tout de même. Faudra vous nourrir seuls, les rations ont déjà été distribuées.

— Pas un problème, ronchonna Isaac.

Ce dernier conduisit Elias jusqu'à une paillasse, sans doute fatigué de le voir tâtonner dans tous les recoins. Il lui déposa son sac à ses pieds. Thelma les salua et les quitta. Maël était silencieux, signe que le sommeil l'avait emporté aussitôt qu'il s'était allongé dans son lit.

— Sers-toi de ton sac comme oreiller. 'Sait jamais.

Elias obéit à Isaac et s'allongea sur la paille dès qu'il réussit à dénouer ses chaussures. Ses pieds n'en pouvaient plus. Il déposa le bâton le long de sa paillasse, sur la terre battue, et tendit les bras autour de lui. Une caisse à sa tête. La toile de tente rugueuse à sa gauche. Un mince filet d'air traversait quelques trous.

— Isaac, tu crois que mes parents sont ici ?

— Y a de fortes chances. C'est le premier bivouac qu'on croise et 'm'a l'air énorme. Te tracasse pas, gamin, on cherchera demain.

— Isaac ?

— Hmm.

— Tu crois que Nelor va arrêter de s'effondrer ?

— J'en sais rien, gamin. Tu demanderas aux Ordres. Dors.

Elias l'entendit se retourner sous sa propre couverture rêche et soupira. Il n'était pas sûr de trouver le sommeil. Des ronflements ne tardèrent pas venir du côté d'Isaac alors qu'il n'avait toujours pas clos ses paupières. Comment arrivait-il à dormir alors qu'un trou pouvait s'ouvrir sous leurs pieds à tout moment ? Ils n'étaient pas si éloignés du port qui avait failli les engloutir comme la bouche du Ratoumbaga. Un râle le fit sursauter. Avait-il bien entendu ? On aurait dit qu'une bête venait de se frotter à la toile de sa tente. Elias se redressa et tendit l'oreille. À part le bruit du vent et des insectes nocturnes… Là ! Quelque chose à plusieurs pattes s'éloignait d'eux. Un gros loup ou pire, un monstre sorti des trous pour les dévorer. Elias reposa sa tête en soupirant. C'était sûr, maintenant : il n'allait jamais pouvoir dormir.

Des cris sortirent Elias de son sommeil. Il se releva en sursaut et s'empressa d'enfiler ses chaussures. Un trou ? Dans le camp ? Dire qu'il se croyait en relative sécurité ! Il empoigna son bâton et se trouvait déjà debout quand Isaac l'arrêta d'une main.

— Attends.

Elias obéit et ouvrit ses sens. Cela ne sentait pas la poussière. Pas d'effondrement. Les tentes ne bougeaient pas. Le sol ne tremblait pas. C'était autre chose. Des gens criaient autour d'eux, mais ce n'était pas de la panique qui en sortait. Plutôt… de la colère. Il regrettait à cet instant que leurs armes soient si loin. Ses mains serrèrent son bâton tandis qu'il pensait à Thelma qui avait voulu le classer comme une arme. Peut-être pouvait-il s'en servir.

— S'passe quoi ? marmonna la petite voix encore ensommeillée de Maël.

— Des gens se battent, expliqua Elias.

— Rien, répondit Isaac en même temps.

— Une bagarre ! Ouais !

— Personne ne sort.

Le pas lourd et pesant d'Isaac s'éloigna pendant que Maël se faufilait devant lui.

— J'y regarde par l'trou, chut.

Elias détestait ne pas savoir ce qu'il se passait. Il se sentait incapable, inutile. Rien de plus qu'un poids à protéger. Impossible de se défendre seul sans réussir à savoir d'où venait le danger. Il patienta dans la même position, frustré, cherchant à comprendre ce qu'il se passait par l'ouïe ; mais à part un capharnaüm sans nom, il ne percevait aucune information utile si ce n'était que cela avait à voir avec la Cour. Les pas d'Isaac revinrent vers eux et le pan de toile claqua. Maël courut jusqu'à sa paillasse comme s'il n'en avait pas bougé. Isaac n'était sûrement pas dupe, mais n'en laissa rien paraître.

— La Cour s'est barrée.

Barrée ? Leur gouvernement ne pouvait pas avoir disparu aussi facilement.

— Quoi ?

— Ils ont fui. Ils ont abandonné Nelor.

Si ceux qui étaient censés les diriger abandonnaient le navire comme des rats, cela ne sentait vraiment pas bon pour ceux restés à bord. Elias pouvait comprendre que les esprits s'échauffent, mais de là à en venir aux cris et aux mains ?

— Pourquoi ? demanda Maël.

— Parce qu'ils ont peur.

— Pourquoi ils s'battent, alors ?

— Parce qu'ils ont peur, j'te dis, le mioche.

Elias fronça les sourcils en reposant ses fesses sur sa paillasse.

— Eliiaaaaas, pourquoi ils s'y battent parce qu'ils ont peur ?

Isaac grogna, laissant son neveu en charge d'expliquer la vie à Maël. Une tâche qui n'allait pas s'avérer aisée. Mais au moins, cela lui permettrait de mettre de l'ordre dans ses idées.

— Qui a construit ce camp ? expliqua Elias.

— La Cour.

— Qui nous envoie la nourriture ?

— La Cour aussi !

— Qui a promis de nous sauver ?

— Ben, la Cour !

Elias ne dit rien, attendant que l'enfant conclue par lui-même. Soudain, ce dernier s'exclama bruyamment, signe qu'il avait compris :

— Alors, les gens y z'ont peur parce que va plus y avoir de camp, va plus y avoir à manger et y a plus personne pour nous sauver ?!

Elias hocha la tête.

— Mais... Elias ? Qui va nous sauver alors ?

Il ne put rien répondre, l'angoisse montait dans sa propre poitrine. Qu'allaient-ils faire ?

— C'est l'heure de manger, les mômes, les interrompit Isaac.

L'idée de manger suffit à distraire Maël qui se précipita vers la sortie tandis qu'Elias se relevait. Si l'âge de Maël lui permettait de passer à une autre idée aussi vite, Elias, lui, n'en était pas capable. Il ne se demandait plus où sa vie allait le mener, mais plutôt quand elle se terminerait. Sans la Cour pour gérer la catastrophe…

L'ambiance dans le camp était tendue. Pour l'instant, Elias n'avait retrouvé aucune trace de ses parents. Et il s'était vite épuisé dans ce dédale persistant de tentes et d'agitation. Plusieurs personnes avaient décidé de partir sur-le-champ, d'autres comme eux étaient dans l'attente. L'attente de quoi ? Ça, Elias avait bien du mal à le percevoir. Sans doute que sans autre solution pérenne, rester à l'abri derrière les clôtures du bivouac encore ravitaillé pouvait durer un temps. Jusqu'à ce que l'urgence les fasse à nouveau bouger.

Les nuits se rafraichissaient. Il serait bientôt plus difficile de progresser en pleine nature, mais plus ils attendaient, plus ils risquaient de se faire surprendre par l'hiver. Isaac les avait conduits au feu de camp le plus proche : il y avait un foyer environ toutes les cinq tentes, ce qui diffusait une chaleur agréable. Une couverture sur les épaules, assis sur un sol sec, Elias pouvait presque retrouver sa sérénité d'antan. Presque. Sa main glissa sur son bâton, réfléchissant à ce qui avait surgi dans son esprit récemment.

Ce bâton pouvait devenir une arme. Quelque chose de physique pour se défendre. Mais il risquait plus de se faire mal ou d'attaquer un allié. La force brute n'avait jamais été celle des plus puissants.

Non, c'était la magie qui régissait leur monde et surtout ceux aptes à transformer le plus d'émotions en pouvoirs. Les plus riches avaient en leur possession beaucoup de perles noires, cette réserve de magie transportable dans leur poche, la monnaie universelle de ce monde. Tout s'achetait avec la magie, encore fallait-il être capable de la maîtriser. Ceux qui ne pouvaient pas en canaliser beaucoup possédaient cependant une portée de leurs sorts limitée.

Tout à sa réflexion, Elias ouvrit la porte de son mathiak et plongea dans sa conscience. Son monde imaginaire s'éclaira et il matérialisa en pensée une plaine vallonnée. Les couleurs étaient plus vives que dans ses souvenirs, mais elles lui manquaient tellement qu'il exagérait le trait à chaque fois qu'il visitait son imagination, là où il pouvait agir comme il le voulait. Dans le ciel, des flux multicolores se croisaient sans cesse et brillaient avec force, signe que la réserve magique à sa disposition était pleine à craquer.

Il y avait longtemps qu'il ne l'avait pas sollicitée et il avait tellement encaissé avec son handicap que sa capacité de réserve avait augmenté, à moins que ce ne soit seulement parce qu'il grandissait. Les adultes pouvaient stocker plus que les enfants, c'était bien connu. Pourquoi ? Il n'en avait aucune idée, il n'était pas sorcier. Juste apprenti dans l'Assistanat. Enfin, avant.

Il pouvait incruster des perles noires dans le bois pour en augmenter sa réserve magique, mais s'il ne voyait rien pour lancer ses sorts, on en revenait au même problème qu'avec la force physique. Et si au lieu de songer à l'attaque, il pensait à la défense ? Au lieu de n'être qu'une simple réserve, son bâton pourrait absorber les sorts environnants. De quoi lui laisser assez de temps pour s'enfuir ou se mettre à l'abri.

Elias se retira de sa conscience avec un sourire. Voilà une bonne idée qui allait l'occuper le temps de leur séjour ici.

Chapitre 9

La source

Nelor. À l'instant même où Kelya posa le pied sur le ponton, son shyrla fut pris d'assaut par les personnes attendant sur le parvis. Clairement, c'était la panique. Elle devait être une des rares à venir volontairement sur le continent malgré son effondrement programmé et avancé.

Kelya s'harnacha de son sac et s'extirpa rapidement de la foule qui menaçait de l'étouffer si elle ne dégageait pas le passage. Les gens étaient dingues. À moins que ce ne soit elle, la plus folle. Folle de croire qu'une réponse à son démon pouvait se trouver ici. Folle d'accorder sa confiance à une reine qui l'envoyait résoudre des énigmes depuis une vingtaine d'années. Mais elle devait bien reconnaître qu'elle adorait partir en chasse. Là où ses pouvoirs étaient certes toujours craints, mais respectés. Grâce à la reine, elle s'était créé un joli panel de contacts qui lui assurait d'avoir toujours une proie à retrouver.

Cette fois, son commanditaire lui avait mis la puce à l'oreille. Outre la somme démesurée qu'il proposait, la cible sortait du lot. On lui demandait de retrouver une source : un être capable de recharger sa réserve de mathiak sans effort. Si Kelya n'utilisait toujours pas sa conscience pour invoquer le démon, elle reconnaissait à quel point cela pouvait être un atout.

Le port de Zeynith était à moitié effondré. Elle s'étonna même d'y trouver tant de monde. Ses pas la menèrent à la seule taverne encore ouverte qui acceptait les voyageurs. Elle poussa la porte et jeta un coup d'œil à l'assistance. Rien que des malfrats solitaires. Comme elle. Aucune famille avec des enfants ou des marchands venus vendre. Il n'y avait plus de vie ici, seulement de la survie, et les vautours tournaient autour des miettes qu'il était encore possible de gagner, si on était prêt à prendre des risques.

— Une chambre et le couvert, demanda-t-elle à l'aubergiste.

La femme qui se présenta comme Perina la conduisit non sans un regard soupçonneux vers une des chambres. Kelya lui adressa un sourire plein de dents pour la rassurer, même si l'effet dû à la cicatrice qui courait le long de son cou devait être plus effrayant qu'autre chose. On ne pouvait effectuer le métier de chasseuse de primes sans y laisser quelques traces.

Une fois installée sur le lit branlant mais propre, Kelya déplia la missive de sa mission pour la relire une nouvelle fois.

« Recherche jeune garçon capable de puiser à la source. »

Un portrait très mal dessiné suivait les quelques indices de son commanditaire et lui attira un grognement. Il avait été aperçu pour la dernière fois à Zeynith. En dehors du fait qu'il était sur ce continent, elle n'avait pas la moindre idée d'où pouvait bien se trouver ce garçon. S'il n'avait pas déjà été englouti par les fonds et tous les dangers d'un monde qui partait en ruines. D'après les recherches menées pour la reine, elle avait compris que cette source était intimement liée à ses yeux dorés. Plusieurs parchemins récoltés en

Chapitre 9

faisaient mention, sans qu'elle puisse totalement s'y fier. Elle ne savait pas trop ce qu'elle espérait : il y avait longtemps qu'elle ne voulait plus contrôler le démon autrement que pour des actions suicidaires et elle ne savait pas si elle pouvait survivre sans lui. Mais c'était la première fois depuis longtemps qu'une mission l'attirait et l'intriguait autant. À courir les fables, elle se sentait cette fois plus vivante que jamais, habitée par l'idée de trouver la clef de tous ses maux.

Elle risquait d'être énormément déçue, mais qu'à cela ne tienne, elle devait aller au bout de cette piste rien que pour en rapporter les informations à la reine. Chèrement payées, bien sûr.

Comme l'auberge était la seule ouverte à la ronde, Kelya commença ses investigations auprès de la tenancière Perina dès le lendemain matin. Ses affaires sur le dos, elle se dirigea vers le bar qui tenait encore debout grâce à un tonneau placé en son coin. La femme avait les yeux cernés, mais s'évertuait encore à servir les clients dans ce cataclysme. Il était même étonnant que personne ne soit venu piller la boutique, ou pire.

— Je cherche à retrouver un jeune garçon, brun, sans doute accompagné d'un homme.

Elle lui montra la photo de son avis de recherche, ayant pris soin de replier le parchemin le désignant comme tel avec le reste des informations.

— Pourquoi ?

La méfiance primait avant les informations. Et vu l'environnement actuel, quelques perles ne suffiraient pas à délier sa langue. Mais cette réponse par une question prouvait que Perina avait croisé quelqu'un correspondant à la description. Il allait falloir ruser. Si le garçon était avec un homme, alors…

— Sa mère m'envoie.

Aussitôt, le visage de Perina se détendit, sans pour autant que ses lèvres se délient. Kelya poursuivit sur son inspiration :

— En tant que prêtresse, elle a dû répondre aux missions de la Cour et à son retour, il n'était plus là.

Quelqu'un de ce rang aurait les moyens de se payer une personne comme Kelya, même en temps de crise. Des détails rendent toujours un mensonge plus vrai, tant qu'on ne fait pas dans la surenchère.

— Pourquoi ne le retrouve-t-elle pas elle-même ?

— Aucune idée.

Kelya haussa les épaules. Là s'arrêtait son invention.

— Vous l'avez vu ?

— Oui, il voyageait avec son oncle et un petit garçon. Ils ont essayé de prendre un bateau pour quitter le continent.

— Essayé ?

— Le port s'est effondré au moment de leur départ. Je… Je ne sais pas s'ils ont réussi ou si…

Les lèvres de Perina tremblèrent et elle baissa la tête. L'insinuation était claire, mais cela n'arrangeait pas les affaires de Kelya. Si sa cible avait coulé, elle pouvait dire adieu à sa prime et surtout aux informations. Elle pesta intérieurement et remercia Perina avant de quitter la ville. Comment trouver une personne dans ces conditions ? Elle n'avait plus qu'à suivre le flux des réfugiés en espérant tomber dessus par hasard. Autant dire que c'était impossible.

Kelya marchait sur les pavés de la grande route vers l'ouest, tout en ordonnant ses idées. Sa seule chance était de s'appuyer sur la caractéristique principale de sa cible : la source. D'après les maigres informations recueillies dans la légende, la source était une personne capable de régénérer son mathiak à volonté. Aussi, un lien existait avec le démon, ses yeux dorés. Peut-être pouvait-elle activer son pouvoir pour le retrouver ? Non, ce n'était pas la bonne option.

Il y avait une dernière solution, mais qu'elle avait jusque-là repoussée : la reine devait savoir. Son réseau d'espions s'étendait toujours plus loin que ce que Kelya supposait. À se demander parfois pourquoi elle avait besoin de ses services.

La chasseuse sortit le volatyl confié par la reine et rédigea son message. Si une personne pouvait retrouver l'aiguille dans la botte de foin, c'était elle. Même si cela tuait Kelya de requérir son aide. Elle espérait juste qu'elle n'interfèrerait pas au moment de remettre la cible à son commanditaire.

Au moment où elle s'apprêtait à l'envoyer, un autre volatyl se manifesta. Son commanditaire avait retrouvé le garçon et lui donnait rendez-vous à un campement de réfugiés. La chance avait finalement frappé.

Plusieurs jours de recherche passèrent alors qu'Elias tentait de mettre en pratique son idée. Isaac avait accepté de lui donner une perle noire, arguant que « ça sert plus à grand-chose de toute manière ». Mais Elias ne parvenait pas à rendre son bâton instinctif : sans ordre de sa part, il ne se passait rien. Frustré, il abandonna son ouvrage et rejoignit ses deux acolytes à leur feu de camp. Il connaissait désormais suffisamment les lieux pour se passer de bâton et aimait se déplacer sans. Comme s'il était normal et se coulait dans les éléments. Sauf que ce soir, son pied buta contre un sac qui n'aurait pas dû se trouver là. Elias manqua de s'étaler dans le feu. Heureusement, le bras solide de son oncle le rattrapa de justesse et Elias s'assit sur sa souche morte habituelle, le cœur battant à tout rompre.

— À qui est ce sac ? maugréa-t-il.

— À moi, répondit une voix féminine.

Une voix qu'il n'avait jusque-là jamais entendue. Vu son timbre assuré, la femme devait être plus âgée que lui. Elias tourna la tête vers l'endroit d'où provenait le son et sa vision fut assaillie. Une couleur rouge, vive, flamboyante. Tellement de colère jaillissait de cette personne qu'Elias crut s'être trompé de cible. Elle ne pouvait pas avoir une voix aussi assurée et calme. Pas avec toutes ces émotions qui déferlaient en elle. Elle brillait tellement qu'il parvenait à la voir comme en plein jour. Il distingua les traits d'une femme d'une quarantaine d'années, marquée par le temps et les épreuves, le cou lacéré par une profonde cicatrice et des yeux… des yeux vraiment spéciaux qui semblaient briller comme de l'or. Et au fond d'elle, un dragon qui rugissait. Suffoquant, Elias ferma les paupières pour se soustraire à toutes ces informations.

— Qui… êtes-vous ? souffla-t-il.

— Je suis Kelya.

À ces mots, les sensations disparurent, le laissant dubitatif. Cette femme n'était pas honnête. Elle masquait qui elle était vraiment pour tromper son monde. Elias développa aussitôt une vive antipathie.

— Elias est mon neveu. On recherche ses parents.

C'était beaucoup de mots pour son oncle d'ordinaire plus taciturne et encore plus avec les étrangers. Seul Maël parvenait à lui soutirer autant d'informations et encore, avec un acharnement constant.

— Il reste un couchage dans notre tente, suggéra Isaac.

De mieux en mieux. Son oncle la draguait ouvertement et Elias en éprouva un profond dégoût. Il ne voyait pas à quel point elle était fausse ? Et dangereuse ? Il fallait qu'il lui parle de cette vision de colère.

Chapitre 9

Il s'en méfiait comme de la peste. Kelya répondit à Isaac par un rire dédaigneux, faux, empreint de duplicité.

— Il y a assez de tentes vides par ici.

Pas un merci, pas de politesse, rien.

— T'y prends pas ma cabane, hein ! protesta Maël qui ne perdait jamais le nord.

Le mioche avait pris possession d'une tente comme repaire organisé pour ses activités de grand sorcier en devenir. Il y passait des heures, mais au moins, il avait cessé de poser des questions angoissantes et s'occupait tout seul là-dedans à jouer dans son univers.

— Je construis mes propres cabanes.

— Et vous venez faire quoi ici ? s'enquit Elias.

Sa voix avait été plus dure qu'il ne l'aurait voulu, mais le jeu des masques n'était pas pour lui. Elle devait comprendre qu'elle n'était pas la bienvenue. Ce serait l'horreur si elle s'avisait de les suivre dans leur périple.

— Comme nous, gamin, elle fuit les trous.

— C'est ça... comme vous. Je cherche aussi... quelqu'un.

Pourquoi avait-il ressenti un frisson à cette dernière remarque ? On aurait dit un prédateur à l'affût d'une proie, bien loin de leur propre but de réunir une famille.

— Tes parents ? demanda Maël.

— Morts depuis longtemps.

— Comme les miens ! s'extasia le garçon.

Les parents morts étaient devenus un point commun rapprochant les gens maintenant ? Elias n'en pouvait plus de tant de mièvrerie.

— Ah, vous voilà ! s'exclama une voix familière. Je vous apporte les rations du soir et ensuite, il faudra définir les chasseurs suivants pour pouvoir avoir de la viande séchée et ne pas se retrouver embêtés quand on aura écoulé le stock.

Thelma, l'exploratrice qui ne savait pas garder sa bouche fermée. C'en était trop pour Elias qui attrapa sa ration qu'on cogna contre ses mains. Il se releva et quitta ce joyeux petit monde qui profitait de la vie, oubliant la menace et le monde qui s'écroulait. Il préférait encore la compagnie taciturne d'Isaac et les blagues de Maël. Mais même son oncle semblait se dérider en compagnie de Thelma et Kelya et un rire gras retentit autour du feu de camp. Elias retrouva le calme de sa tente, les bruits assourdis par la toile. Plus que jamais, il lui fallait faire de son bâton une arme. Quelque chose lui disait qu'il en aurait rapidement besoin.

Ce morveux se croyait plus malin qu'elle. Kelya avait bien senti toute son animosité. Mais il devrait bien la supporter, car elle ne comptait pas lâcher leur groupe de sitôt, pas tant qu'elle ne l'aurait pas livré. Ce défi était plus complexe que les autres, mais cela la revigorait. À la nuit tombée, quand elle réussit enfin à se soustraire à ce gros oncle bourru, Kelya se faufila hors de sa tente, sous l'éclat des étoiles. Il faisait trop frais ici, trop humide. La chaleur de ses dunes lui manquait. Elle aimait cependant de moins en moins dormir avec un toit au-dessus de sa tête. La sensation d'être enfermée la renvoyait à ce jour tragique de son enfance, au moment où le sable les avait tous recouverts, elle et sa tribu. Enroulée à même le sol, visage face au feu, elle ferma les yeux. Même s'il y avait longtemps qu'elle ne craignait plus de renvoyer l'image de ses pupilles dorées, elle appréciait de pouvoir se balader dans un continent où la magie était tolérée, mieux, encouragée. Dommage qu'il soit en train de s'effondrer sur lui-même…

Son corps commençait à se réchauffer, mais deux personnes discutaient et l'empêchaient de se concentrer sur son sommeil. Au diable les pipelettes, qu'ils aillent tous au lit ! Puisque leur conversation semblait si importante pour être tenue au beau milieu de la nuit, Kelya tendit l'oreille. Après tout, elle allait devoir attendre qu'ils se taisent.

— Alizée… Si une telle source existait, la Cour n'aurait pas fui !

— Peut-être qu'ils ne l'ont pas trouvée ! On ne peut pas abandonner tous ces gens ! Ils vont mourir, Garrett !

Kelya rouvrit les yeux brusquement. Quoi ? Est-ce qu'elle avait bien entendu ?

— Nos supérieurs sont en pleins pourparlers avec ces nomades de l'eau, on ne les abandonne pas.

Cette… Cette voix. Plus grave que dans son souvenir, mais les intonations étaient les mêmes. Pétrifiée, elle rabattit la couverture sur son visage et serra les dents.

— Ces nomades de l'eau sont le peuple du Vent. Mon peuple ! C'est moi qui ai mis leur gouvernement en relation avec mon frère, je suis au courant. Mais la Cour les a trahis…

— *Notre* gouvernement, Alizée. Tu as rejoint notre Ordre, ici. Nous faisons partie de tout ça.

— Ce n'est… pas juste.

Les voix s'éloignèrent suffisamment, portées par leurs pas, pour que Kelya ne puisse plus percevoir leur conversation. Elle se releva et partit dans leur direction. Elle devait en être certaine. Avec la fluidité d'une ombre, elle se coula entre les tentes. Son cœur battait la chamade. Elle l'avait tué. Lui, et tous les autres. Le passé ne pouvait pas revenir la hanter ainsi. Ce n'était qu'une coïncidence. Et puis, la vision de son visage la frappa de plein fouet. La barbichette en plus, les cheveux un peu plus longs, le corps plus musclé. Mais c'était lui. Presque lui. Son regard glissa sur sa peau. Les traces cicatrisées de brûlure. Garrett était vivant.

Toute la journée, Elias avait travaillé sur sa magie. Le soleil ne tarderait pas à se coucher, mais cela l'indifférait. Il n'avait pas besoin de la lumière du jour pour évoluer, au moins possédait-il cet avantage. Il se glissa hors de la tente, son bâton en main. Elias voulait profiter du fait que les gens dormaient pour agir en toute tranquillité. La veille, il s'était demandé s'il ne pouvait pas amplifier ses visions en s'aidant du bâton. Peut-être pourrait-il absorber directement les auras des personnes à l'intérieur de son outil. Soutirer leur énergie pour la changer en magie serait super, mais à terme, peut-être pourrait-il même calmer les angoisses ou les problèmes psychologiques ? Fébrile à l'idée de toutes les implications de son invention, il se remit au travail. Pour pouvoir emmagasiner ces auras, encore fallait-il qu'il les déclenche plus longuement, le temps de les étudier. Il s'orienta vers la position présumée de leur tente et de celle d'Isaac et de Maël.

Leurs couleurs lui apparurent brièvement et disparurent aussi vite. Elias ouvrit en grand son mathiak et fronça les sourcils, plissant tous les traits de son visage pour aider sa concentration.

— Les latrines sont plus loin, gamin, se moqua Kelya.

Agacé, Elias se tourna vers elle pour la remettre à sa place, mais aussitôt, la vision s'imposa de nouveau à lui. Une aura rouge et orageuse découpait sa silhouette dans le néant, même si elle était plus assombrie que la veille. Pourquoi cette inconnue déclenchait-elle si facilement ses pouvoirs et pas les autres ?

— Il pratique la magie, le défendit une voix claire.

Son cœur rata un soubresaut. La fille aux tresses ! Il aurait reconnu sa voix entre mille ! Elle, ici ? Elle avait dû suivre le même chemin que la plupart des réfugiés pour les aider. Elias perdit sa voix. Sa vision

Chapitre 9

découpa brièvement une aura jaune avant de disparaître alors que le rouge de Kelya brillait toujours.

— Tu ne devrais pas laisser ton mathiak ouvert à tous les vents, poursuivit Alizée.

— Le mathiak… grogna Kelya. Quelle connerie.

— Une amie à moi arrive à s'en passer. Elle n'a pas besoin d'ouvrir sa porte, mais se sert de la musique. Comme si la magie répondait à son simple appel.

— Moi, j'en ai besoin, dit Elias.

Ses paroles ne sonnaient-elles pas trop comme celles d'un gamin pleurnichard ? Ou pire, d'un type imbu de sa personne ?

— Besognez tout seuls, alors…

Les pas de Kelya s'éloignèrent et ils se retrouvèrent en tête à tête. Il plaqua son bâton contre lui et serra les jambes. Maudit corps adolescent.

— Qu'est-ce que tu essayais de faire ? demanda Alizée.

Même son odeur ressemblait à un parfum de fleur. Oh, par les Chimères, il était perdu !

— De… voir.

Pour le gamin puéril en quête de sens, c'était aussi en plein dedans.

— Personne n'a essayé de soigner tes yeux ?

— Si, mais rien n'a jamais fonctionné.

— Je peux ?

Elle lui demandait la permission de tenter l'expérience. Elias n'avait pas envie de se soumettre à un énième traitement, mais parce que c'était elle, il hocha lentement la tête. Pour lui faciliter les choses, il ouvrit son mathiak et sentit aussitôt une vive chaleur couler à l'intérieur de son esprit. Il demeura immobile un long moment jusqu'à ce qu'elle rompe le contact. Comme tous les autres, elle s'était heurtée à un mur. S'il n'en était pas surpris, il était tout de même déçu de ce nouvel échec.

— Quel sort t'a fait perdre la vue ?

— Je sais pas vraiment… soupira-t-il. Mon père a tenté d'augmenter mes capacités et il a tout abimé.

Alizée resta silencieuse. Il pensait même qu'elle était partie quand elle reprit la parole.

— Je ne crois pas, non.

Qu'insinuait-elle ? Que l'expérience de son père avait fonctionné ?

— On dit toujours qu'à la perte d'un sens, les autres s'améliorent. Peut-être que ta vue était le prix à payer.

Elias n'avait jamais envisagé les choses sous cet angle. Il aurait dû y penser plus tôt.

— Ta réserve magique est chargée à bloc alors même que tu viens de l'utiliser. On dirait que la magie coule à travers toi, comme si…

Alizée laissa sa phrase en suspens.

— Comme si quoi ? la relança Elias.

— Est-ce que tu vois les élémentaires ?

— Quoi ?

— Excuse-moi, déformation d'apprentie prêtresse, j'ai tendance à oublier que tout le monde n'a pas suivi les mêmes cours… Tu étais dans quel corps ?

— L'Assistanat.

— Ok, donc tu sais que nous contrôlons la magie via le mathiak et que celle-ci se recharge grâce à nos émotions.

— Oui.

— Dans l'Ordre, on nous apprend à distinguer chacune des émotions, car elles sont plus puissantes avec leur élément lié. Quand on y parvient, notre flux de magie en prend la couleur. Moi, j'ai plus de facilités avec la joie et ma magie est jaune. La colère sera rouge, la tristesse bleue, la peur noire… Tu vois où je veux en venir ?

— Je connais les couleurs des émotions, je les vois dans mon mathiak.

— Oui, mais tu vois les élémentaires directement à la source. Au travers des personnes elles-mêmes !

— Donc… quand je vois ces couleurs, je vois l'émotion principale de la personne à ce moment-là ?

— Si elle vit une émotion forte, oui, mais pas toujours. Parfois, tu ne vois que ce qui ressort de toutes les émotions accumulées précédemment… Ce n'est pas encore une science exacte, nos chercheurs sont loin d'avoir tout compris. La plupart n'arrivent à utiliser l'élément que d'une seule émotion, très peu sont capables de contrôler la magie dans plusieurs et aucun n'a réussi à le faire dans toutes.

— Je vois.

Il ne voyait rien du tout, mais il ne voulait pas la contrarier. Elle rit.

— Désolée, ça ne t'aide pas vraiment, hein ?

— Si, si, tes conseils me sont précieux.

Alizée garda le silence. L'ambiance avait changé, Elias pouvait le sentir à travers tous les pores de sa peau.

— Qu'y a-t-il ?

— Je… Je dois vérifier quelque chose.

Elias fronça les sourcils et entendit l'étoffe de sa robe se remettre en mouvement.

— Entraine-toi bien ! lui cria-t-elle.

Il suivit le bruit de ses pas sur la terre battue et reprit son bâton entre les mains. Du travail l'attendait. Peu importait que sa réserve magique coule de source, l'essentiel était de faire fonctionner son idée avant la prochaine catastrophe.

Kelya avait suivi leur conversation avec attention. Cela confirmait ses soupçons : Elias était la source qu'elle cherchait. Il possédait la capacité de ne jamais épuiser sa réserve magique. Même s'il n'avait pas l'air de s'en rendre compte. Elle comprenait mieux que ce garçon soit convoité par ses employeurs. Il ne l'aurait jamais laissée approcher pour vérifier sa théorie, mais Alizée l'avait confirmée à sa place. Brave fille. Il fallait maintenant qu'elle s'assure que cette gamine ne se mettrait pas dans ses pattes. Elle abandonna donc l'aveugle à son sort pour la suivre à travers le camp.

Même s'il s'était vidé depuis la fuite de la Cour, les tentes n'avaient pas bougé car d'autres réfugiés continuaient d'arriver. Il y avait donc assez de décors pour ne pas se faire voir, malgré la clarté du crépuscule. Enfin un peu de ciel à découvert ; la grisaille de Nelor commençait à l'agacer. La gamine se dirigeait vers la tente de l'Ordre. Si elle transmettait l'information à ses supérieurs, ce serait mauvais pour Kelya. Elle disposerait de moins de marge de manœuvre.

Kelya activa son énergie pour se trouver prête à intervenir. Les grains dorés s'animèrent autour de ses doigts. Elle aimait sentir la caresse du démon si familière qui envahissait ses tripes, mais lui fournissait du pouvoir sans n'avoir jamais failli. Sur le continent de Nelor, sa magie était moins puissante que dans les dunes des Landes Noires, mais cela suffisait pour la peccadille qu'elle rencontrait en général. Et avec le temps, elle avait appris à composer sans. Kelya enroula les grains dorés autour de son poignet et jeta son pouvoir sur la prêtresse.

Le fil d'énergie se plaqua sur sa bouche et la tira en arrière. Kelya la rattrapa de ses bras et la poussa dans une tente vide. Les couvertures abandonnées suffiraient. La jeune fille essaya bien de lui envoyer une décharge de pouvoir, mais Kelya fut plus rapide : elle avait l'expérience du combat. D'un coup, elle l'assomma, puis elle attacha et bâillonna solidement la demoiselle avec de l'arguentyl avant de regarder son œuvre. Avec cette nouvelle matière, elle ne pouvait plus accéder à ses émotions et donc pratiquer la magie.

— Nous avons compris la même chose, mais si ton Ordre s'avise de le protéger, cela nuira à mes affaires. C'est juste que tu précipites un peu les choses…

Elle devait retrouver son informateur à la nuit tombée. Pourquoi enlever Elias n'avait-il pas été l'option choisie ? En général, on l'appelait pour tuer ou ramener quelqu'un. Pas pour gagner sa confiance. Cette mission était étrange et impliquait sûrement plus d'acteurs que prévu. Il allait falloir qu'elle se méfie.

En attendant que la nuit finisse de tomber, elle cacha le corps inconscient de la jeune fille sous une couverture et s'allongea sur un lit vacant. Elle aurait pu la tuer, mais un meurtre aurait davantage attiré l'attention. Et puis, ôter la vie était contraire à ses principes, si aucun contrat ne le justifiait. Par chance, il fit rapidement assez sombre pour que Kelya se glisse hors du campement jusqu'au rendez-vous.

Le bivouac se trouvait au beau milieu de la forêt, il était donc facile de s'y dissimuler. Elle compta les arbres : *deux à droite, trois à gauche, contourne un…* Là, le ruban rouge à la branche était le signal convenu. Kelya arrivait en avance, elle préférait toujours prévenir que guérir. Trop de fois, ses clients avaient tenté de la rouler, aussi tâtait-elle désormais le terrain pour éviter de se faire avoir. Même si le démon veillait sur elle, il valait mieux ne pas tenter le Maelström de trop près. Elle avisa un arbre juste à côté de celui désigné dont les branches basses étaient idéales pour grimper. Toute cette verdure l'oppressait.

Ses mains s'agrippèrent à l'écorce rêche et elle gravit le tronc jusqu'à atteindre une altitude respectable. Plus haut, le bois se rétrécissait et se fragilisait. Elle n'avait pas choisi l'arbre le plus grand, mais cela suffisait à porter son regard au loin. Les feuillages se couchaient sous la caresse du vent, lui rappelant ses dunes natales. Le soleil n'était plus visible, mais sa clarté éclairait encore l'horizon de sa teinte dorée. Kelya attendit que ses yeux ne le différencient plus des étoiles pour se glisser le long du sol.

L'informateur était là, dos à elle, la tête recouverte d'une capuche. Tellement de mystère… Elle manifesta son arrivée en marchant volontairement sur une branche sèche. Celui-ci bondit dans sa direction, lui arrachant un sourire. Trouillard. Mais ce fut son tour de se figer en voyant son visage. Garrett. Elle aurait dû s'en douter. Sa présence ici n'était pas une coïncidence. Heureusement qu'elle avait déjà pu accuser le choc de le savoir vivant ; elle pouvait donner le change.

— Kelya.

— Garrett.

Ils se contemplèrent froidement. Il avait grossi. Sans doute que cultiver son cerveau au sein de l'Ordre des sorciers lui avait fait oublier le grand air. Il était pâle, pour quelqu'un à la peau mate d'origine. Cette barbe ne lui allait vraiment pas.

— Je t'écoute.

Ils n'allaient pas se regarder dans le blanc des yeux éternellement.

— La cible a déjà résisté à un de nos assauts.

— Il est aveugle, se moqua-t-elle.

— Le gros bonhomme qui le suit partout est un guerrier terrien. Il ne pratique pas la magie, mais absorbe l'énergie comme une éponge, le rendant difficile à battre. Or, la cible…

— En a une quantité infinie, je sais.

Elle sentit son regard déstabilisé. Il ne s'attendait pas à ça. Pas à ce qu'elle découvre leur proie avant leur rendez-vous.

— Le seul moyen est d'isoler la cible pour qu'il ne puisse recharger personne et pour ça…

— Je vais devoir gagner sa confiance.

Garrett acquiesça, les yeux fixés sur elle. Elle ne voulait pas savoir ce qu'il pensait de sa propre version vieillie.

— Tu n'es pas surprise de me voir en vie ?

Elle soupira.

— Quoi, bravo Garrett d'avoir survécu ?

Elle savait très bien le terrain sur lequel il souhaitait l'emmener et elle n'y tomberait pas. Qu'il vive… tant qu'il lui devait de l'argent. Elle aviserait ensuite.

— Tu croyais qu'une gamine pouvait terrasser les mages les plus puissants des Landes ?

— Tu venais seulement de récupérer ton pouvoir et grâce à moi.

— C'est toi qui me l'avais enlevé.

— Non. Ton ego n'avait pas supporté de n'être plus aussi beau. Mais désolée de te décevoir, le temps a fait son œuvre.

Il grimaça. Touché.

— L'apparence… se défendit-il. Ce n'est pas le plus important !

— Quoi alors ? Pas l'amitié en tout cas.

Le souvenir de sa trahison revint la frapper avec force. Elle n'avait pas oublié qu'il l'avait attirée dans un piège pour la priver de ses pouvoirs.

— Tu étais incontrôlable, Kelya !

— C'est ce que Cornelius t'a fait croire ! Il avait peur de moi, voilà tout !

— Peur de quoi ? De tes yeux dorés ? Il faut que tu arrêtes de toujours te placer en victime.

Oh, qu'il aurait mérité que le démon vienne finir ce qu'il avait commencé ! Mais elle avait appris à contrôler ses pulsions depuis. Il devait s'estimer chanceux. Kelya ravala sa verve.

— Un jour, tu paieras tes trahisons, menaça-t-elle.

— Je me place toujours du côté du pouvoir, je ne peux pas perdre.

— C'est ce qu'on verra. L'Ordre n'appréciera sans doute pas de découvrir que tu complotes dans son dos.

Garrett n'ajouta rien, signe qu'elle avait vu juste. Prêcher le faux pour savoir le vrai... Il souhaitait s'emparer de la source pour quelqu'un d'autre que ceux dont il portait la toge, c'était évident. Sinon, Alizée aurait su pour Elias. Il lui jeta un sac de toile alors qu'elle s'apprêtait à tourner les talons.

— Pour rester en contact. Dès que tu l'as sous contrôle, amène-le-moi. Tu n'as qu'à dire que la source va sauver son continent ou inventer un de tes mensonges.

Kelya saisit la bourse au vol et la glissa à sa ceinture.

— Estime-toi chanceux que j'aie neutralisé ta gamine. Sinon, ton Ordre saurait qu'un traître évolue parmi eux. Mais tu es habitué aux trahisons...

Elle enfouit le reste de sa hargne au fond d'elle et partit. Il y avait urgence : la prêtresse allait finir par être découverte. Il fallait qu'ils soient loin de là avant que l'Ordre non corrompu par les mages s'en aperçoive.

Chapitre 10

Peur et fureur

Kelya avait choisi la meilleure option possible : la peur des étrangers. Le village voisin de leur bivouac n'avait pas dû voir son installation d'un très bon œil. Avec la fuite des autorités, l'anarchie pouvait facilement se déclencher. Il suffisait d'une étincelle pour que le climat de catastrophe ambiant engendre de la haine. Kelya arriva sous les rayons de l'aube, mordorant l'horizon dans le bourg crasseux et miteux dont le nom ne valait même pas qu'on s'y intéresse. Elle poussa une première villageoise et renversa une charrette. Quelques cris de mécontentement se firent entendre, mais ce n'était pas encore suffisant. Kelya s'empara d'une belle pomme d'un étal et mordit dedans. Le fruit terrien valait une fortune.

— Hé ! Faut payer !

Kelya ne répondit pas et prit une nouvelle bouchée. Le commerçant virait au rouge. Il empoigna son bras, prêt à en découdre.

— Hé !

Kelya activa sa magie sans sourciller, envoyant valser l'homme à deux pas d'elle. Elle sourit quand un cercle de crainte s'étendit autour d'eux.

— Les réfugiés m'envoient vous prévenir. Nous avons besoin de vivres. Partagez, ou sinon…

Elle mordit une dernière fois dans la pomme et lança le trognon par-dessus sa tête avant de poursuivre son œuvre. Encore quelques villageois malmenés et il ne leur faudrait pas longtemps pour que, passée la surprise, leur colère gonfle assez pour attaquer les réfugiés.

Elias venait seulement de terminer son repas de midi quand ses sens lui relatèrent un nouveau grabuge. Que se passait-il encore ? Il se releva et saisit son bâton. Il n'avait pas eu le temps de mettre au point son plan magique, aussi devrait-il se contenter de donner des coups au hasard, avec les risques que cela impliquait.

— Bougez pas, ordonna Isaac.

Maël se colla à sa jambe. Kelya surgit de derrière une tente.

— Le village voisin nous attaque, vaut mieux pas rester là, expliqua Kelya. Ces bouts de bois les contiendront pas longtemps.

Son pas lourd et le frottement de tissu pouvaient dire qu'elle portait déjà son sac sur le dos.

Elias n'avait pas envie de le reconnaître, mais la fuite semblait la meilleure option.

— Isaac, elle a raison.

Celui-ci grommela.

— Remballez tout, on s'tire.

— J'vais récupérer mes armes, dit Kelya.

— J'y pas mon lance-pierre !

— Tu veux que je t'aide, gamin ? proposa Kelya à Elias.

Il secoua la tête, hors de question qu'elle touche ses affaires, même si elles étaient plutôt réduites : une couverture, de la nourriture et quelques ustensiles de cuisine. Isaac portait le reste de leur survie tandis que Maël se constituait une réserve de cailloux dans sa besace.

Chapitre 10

Un craquement de bois retentit. Les remparts flanchaient déjà. De l'autre côté, les villageois lançaient des insultes. Des projectiles passaient au-dessus de leurs têtes. Du feu. Une tente s'enflamma.

— Plus vite ! s'agaça Kelya.

Qu'est-ce qu'elle attendait ? Elle n'avait qu'à filer seule ! Des mains fraîches et calleuses lui ôtèrent son sac avant de le lui rendre noué. Les petits doigts de Maël se glissèrent dans les siens et le mioche guida Elias à toute vitesse dans le campement. Ils parvinrent rapidement à la tente de l'armurerie. Pas de traces de Thelma ou même d'Alizée. Dans un fatras métallique, Isaac et Kelya récupèrent leurs armes. Maël les imita et un caillou atterrit sur la tempe d'Elias.

— Aïe ! Fais attention !

— C'y pour voir si ça marche bien ! s'esclaffa le mioche.

— Pas le temps de traîner, venez, ordonna Kelya.

Mais le bruit ne faisait qu'augmenter à proximité de la sortie. Elias tourna la tête dans sa direction et sa vision lui renvoya un flux d'émotions violent.

— L'entrée est bouchée, annonça-t-il.

— Pas toutes les entrées. Suivez-moi.

— Ta main, gamin.

Elias obéit et sentit une chaussure à sa hauteur. En plus de son sac, son oncle venait d'ajouter Maël à ses bagages. La crainte de ce qu'il s'était passé dans le port revint le hanter et Elias fut soulagé de savoir l'un d'eux en relative sécurité. Ils se dirigèrent vers une voie qu'Elias n'avait pas explorée et très vite, ses pieds s'emmêlèrent dans les fils des tentes ou les affaires oubliées. Heureusement, la main sûre d'Isaac l'empêchait de tomber, même s'il était à deux doigts de lui luxer l'épaule.

— Là.

Ils s'arrêtèrent net. Kelya frappa sur une matière en bois et la souleva dans un craquement.

— Passez en dessous.

Isaac grogna ; sa haute taille ne devait pas lui faciliter l'accès. Il le lâcha et Maël prit le relais pour le diriger en tirant sur son bâton. Elias tendit l'autre main vers le haut pour ne pas se cogner le front et sentit l'ouverture au niveau de son cou. Il se baissa pour éviter l'obstacle et le franchit. Un changement de guide plus tard, il suivit à nouveau son oncle dans la forêt. Des cris et des bruits d'escarmouches retentissaient derrière eux. Ils coururent un moment, bien plus loin que ce que ses jambes pouvaient supporter. Isaac le traînait plus qu'il n'avançait quand ils s'arrêtèrent enfin.

— J'y vais chercher le bois ! s'exclama Maël.

— Pas de feu ce soir, le mioche.

— Pourquoi ?

— Tu veux que les gens qu'on a fuis nous retrouvent ? lui fit remarquer Elias.

— Nan.

Dès que son souffle fut revenu à la normale, il tâtonna la zone de son bâton, effectuant des cercles de plus en plus grands jusqu'à avoir mémorisé son environnement. Elias sortit sa couverture et s'assit dessus en faisant craquer la végétation sous lui.

Il sentit Kelya le rejoindre. S'il avait pu lui jeter un regard noir, il l'aurait fait. Même s'il devait reconnaître son aide dans leur fuite.

— Comment tu savais ?

Quelque chose au fond de lui n'arrivait pas à oublier cette vague de colère qui habitait la femme. Il y avait quelque chose chez elle dont il fallait se méfier.

— Savais quoi ?

— Pour la sortie secrète.

— J'explore toujours les lieux où j'dors. Principe de précaution.

— Et la forêt, tu l'explores pas ?

— Pas b'soin : des arbres et des bestioles. C'est tout ce qu'il y a là.

Elias haussa les épaules. Peine perdue de discuter avec elle. Il se referma dans sa bulle, s'occupant de mettre en place son système sur son bout de bois. La perle y était désormais solidement incrustée, mais il éprouvait des difficultés à le faire réagir d'instinct. Il finit par abandonner et se laissa envahir par le sommeil.

À part le mioche qui était agaçant avec ses questions sans fin, le groupe était plutôt silencieux, ce qui n'était pas pour déplaire à Kelya. Isaac gérait leurs provisions d'une main de maitre, posant des collets avant de se coucher et récupérant les animaux piégés au petit matin. Il prenait le temps d'apprendre à viser à Maël avec son lance-pierre sur le chemin et gardait toujours un œil attentif sur Elias qui progressait laborieusement sur ce chemin accidenté, couvert de racines, branches et autres joyeusetés. Elle admirait sa capacité à s'orienter dans tout ce feuillage. Au fil des jours, Kelya participa aux efforts du groupe. Elle gérait les questions infinies de Maël, chassant avec sa magie les oiseaux qui volaient au-dessus d'eux. Le mioche décida rapidement qu'elle était son amie et Isaac lui attribua le premier tour de garde au bout de cinq jours de ce traitement.

Elias était plus difficile à approcher. Il répondait à ses paroles par des monosyllabes, lui faisant bien sentir qu'elle n'était pas la bienvenue. Un adolescent dans toute sa splendeur. Elle ne pourrait pas l'amadouer aussi facilement. Chaque soir, il s'échinait sur son arme à créer elle ne savait trop quoi et chaque matin, il ignorait ses marques de salutation.

Ce soir-là, Kelya n'y tint plus.

— Tu devrais déjà apprendre à t'en servir avant de vouloir modifier ta bûche.

Il était temps, murmura sa conscience.

Un ricanement lui répondit et les buissons bougèrent. Elle crut distinguer un canidé aux multiples dents avant que tout ne disparaisse. Il n'y avait rien. Elias s'était arrêté et avait tourné la tête vers elle. Son regard translucide la mettait toujours mal à l'aise. Comme s'il parvenait à voir au-delà des gens, au plus profond d'eux-mêmes. Et Novisskric savait que son cœur était noir.

— Je me le trimballe depuis Zernyth, merci.

— Je parlais d'apprendre à te battre.

— Je suis aveugle, pour rappel.

— Et? T'as trop peur d'essayer?

Elias se raidit, la bouche plissée. Kelya retint son sourire, mais elle s'amusait à le pousser à bout après tout ce temps à avoir tenté la manière douce.

— Faites ça en silence, grommela Isaac.

— Et moi? Et moi? Je peux aussi apprendre à m'y battre?

— Toi, vise le tronc là-bas. Par contre, si tu me touches, je t'étripe, maugréa Isaac.

Elias se leva, son bâton serré entre ses mains comme s'il risquait de tomber s'il le lâchait.

— Détends-toi, se moqua Kelya.

Ce jeune était aussi raide qu'un arbre. Elle ramassa une branche morte et nota qu'il avait tourné son attention vers le bruit des feuilles. Tout n'était peut-être pas perdu. D'un coup vif, elle frappa son bras.

— Hé!

— Détends-toi, ça fera moins mal.

Elle cogna de l'autre côté. Il recula, les joues rouges. Ah, l'aveugle avait un minimum d'orgueil finalement.

— Défends-toi.

Elle frappa encore, cette fois-ci vers les jambes. À part subir et crier, Elias ne réagissait pas.

— Je ne peux pas !

— Si.

Elle continua de fouetter ses membres. Ce n'était même pas amusant, une proie qui se débattait à peine.

— Isaac !

— Il sera pas toujours là pour te protéger.

— Isaac !

Une main ferme s'interposa sur son poignet. Kelya baissa la branche et leva le regard pour fixer les yeux de l'oncle. Celui-ci la dévisagea un moment avant d'esquisser un sourire.

— Tu ne frappes pas assez fort.

— Isaac ! T'es censé être de mon côté !

— Justement.

Kelya lui tendit la brindille, signe qu'il pouvait prendre le relais, mais Isaac secoua la tête.

— Non, je préfère que ce soit ton nom qu'il maudisse demain quand il découvrira ses muscles.

Kelya ricana. L'âme de guerrier d'Isaac devait se rappeler ses propres entrainements de recrue. Avec eux deux, Elias était fichu. Il n'y avait pas plus tordu que des combattants pour en former d'autres.

Trois jours de ce traitement avaient mis à mal la patience d'Elias. Les insultes fusaient à chaque fois que ses pieds fourbus s'emmêlaient dans la végétation. Il peinait à éviter les obstacles les plus simples et son nez se souvenait de sa rencontre récente avec un tronc qu'il n'avait pas anticipé. Son concept d'artisanat ne voulait toujours pas prendre sur le bâton et il avait aussi des difficultés à s'en servir pour l'aider, tant ses muscles souffraient des bleus qui s'étendaient sur tout son corps.

Il en avait plus qu'assez de se faire battre sans parvenir à riposter et se demandait encore quelle folie le forçait à continuer ainsi chaque soir. La veille, Maël avait enfin atteint l'écorce d'un arbre alors que lui-même n'avait pas progressé d'un poil. C'était même pire et il redoutait déjà la séance à venir.

Pourtant, quand la chaleur du feu commença à réchauffer l'atmosphère qui devenait de plus en plus froide à mesure que leur voyage s'éternisait, Elias se leva et empoigna son bâton avec résolution.

Il ouvrit grand ses oreilles, espérant voir la trajectoire du coup par ses autres sens… Peine perdue. Une branche gifla ses mollets et il grimaça. Puis le bras, et le poignet.

— Assez ! hurla-t-il.

Il tendit la main devant lui comme pour *repousser* le prochain coup. Qui n'arriva pas. Soudain, il eut l'impression d'être deux personnes à la fois ainsi que… un dragon combiné à un molosse ? Non, pas n'importe quel animal ; c'étaient les Chimères. Pourquoi lui apparaissaient-elles comme si elles étaient déjà présentes dans son esprit ? Leur puissance semblait être sienne. Elles lui prêtaient leur énergie. Sa vision s'éclaircit. On venait d'ôter un voile de ses yeux. Une silhouette colorée lui faisait face, rouge en son centre, mais mélange de toute une palette de peintre. Elle ne bougeait plus.

— Recommence, ordonna Kelya.

La silhouette lança son arme en avant, mais avec une telle lenteur qu'Elias n'eut qu'à se baisser pour l'éviter. Non, c'était plutôt qu'il savait ce qu'elle allait faire, comme s'il lisait dans ses pensées. Était-ce Kelya, cette autre personne dans son esprit ? Et pourquoi ?

— Encore.

Le bruit répétitif du caillou cognant le tronc avait cessé. Toute l'attention du camp était sur lui. Sa vision miracle disparut soudainement et un coup porté à son torse lui coupa le souffle.

— Déjà fatigué ?

Elias avait perdu la connexion qu'il avait établie. Il plongea à l'intérieur de lui-même, cherchant à rouvrir la porte de son mathiak par tous les moyens pour recommencer cet exploit. En vain. Il finit la session comme toutes les précédentes, à encaisser les coups. Kelya n'alla cependant pas aussi loin qu'à l'accoutumée et le fit s'asseoir près du camp. Le ronflement de Maël s'élevait déjà parmi eux. L'enfant ne tardait jamais à s'endormir.

— Tu as trouvé un moyen. Je l'ai senti.

— Mais je n'ai pas la moindre idée de comment recommencer. Mon mathiak ne s'ouvre pas.

— Le mathiak n'est qu'un outil. Il n'est pas obligatoire. J'en sais quelque chose.

Les pas d'Isaac se manifestèrent alors que quelque chose d'assez lourd – une bûche sans doute – heurtait le sol.

— Si vous parlez magie, j'vais me pieuter. 'Prendrez le premier tour de garde.

Terrien, Isaac était incapable de la pratiquer.

— La magie est le mathiak ! reprit Elias.

— Non, le mathiak est la porte la plus commune. Crois-tu que les Chimères s'amusent à ouvrir des portes pour exprimer leur magie ? Elles sont l'essence même des émotions et c'est pour ça qu'on les vénère.

— Je ne sais pas comment faire autrement.

— Fais comme elles. Tu es englué dans ta peur de l'inconnu, mais quand tu as laissé parler ton instinct qui en avait assez de se faire taper dessus, ça a fonctionné tout de suite. Tu as stoppé mon bras en plein vol.

Elias haussa les épaules. C'était trop d'informations à la fois pour son cerveau. Et il sentait que plus il y réfléchissait, plus il s'éloignait de la solution.

— Je n'ai jamais utilisé le mathiak de toute ma vie, car j'ai appris au départ sans, poursuivit Kelya. La magie se manifeste à moi quand j'en ai besoin. Elle fait partie de moi, au même titre que mes émotions. On ne contrôle pas les larmes qui coulent, ni la joie ni la peine. Les enfants découvrent leur potentiel sans jamais avoir appris à le contrôler à travers une porte.

Ce que Kelya lui racontait lui ouvrait le champ des possibles. Il n'avait jamais vu la magie sous cet angle-là, trop formaté par l'univers dans lequel il avait grandi pour se poser la question d'une autre voie.

— Ta magie n'est que le reflet de tes émotions. Elle t'appartient. Cesse de t'enfermer dans ton cocon de peur de t'y perdre. Laisse-toi te montrer le chemin.

Il sentait que ses paroles avaient une portée bien sage. C'était comme si l'espace d'un instant, il avait ressenti ses doutes, ses peines, au-delà de la colère qu'elle s'évertuait à dégager.

— C'était… étrange. J'ai eu l'impression de me connecter avec ton esprit.

Silence. Un soupir.

— Je crois que c'est exactement ce que tu as fait. Je ne sais pas comment tu t'y es pris, mais j'ai eu l'impression qu'on n'était plus qu'une seule et même personne.

La présence sentie dans son esprit était bien celle de Kelya. Pourquoi, comment ? Lui non plus n'avait pas les réponses.

— Je ne crois pas que ce soit une bonne chose. Que tu entres dans ma tête. Tu n'aimeras pas ce que tu y trouveras.
— Pourquoi ça ?
— La vie… n'a pas été tendre avec moi.
Le ton de la voix de Kelya avait changé, tout à coup plus distant.
— Pourquoi ?
Cette question la ferma tout à fait et elle coupa court à la conversation en l'abandonnant à ses pensées.

Depuis leur petite conversation, le gamin progressait à vue d'œil. Kelya refoula la fierté qui montait en elle pour se concentrer sur l'objectif de sa mission. Elle ne devait pas s'attacher à sa proie. Jamais. Ils avaient enfin quitté le couvert des arbres pour rejoindre la plaine. L'océan était parfois visible en haut d'une colline, d'un bleu qui se confondait avec le ciel, tant et si bien qu'on pouvait douter de sa présence. Leur marche finirait bientôt même s'il leur restait encore quelques jours.

Si Elias montait sur un bateau, son contrat échouerait ; les conditions étaient claires : elle devait le livrer à Garrett sur Nelor. Mais elle n'avait toujours aucune idée pour éloigner l'oncle encombrant et le morveux au lance-pierre qui lui martyrisait les cheveux depuis qu'elle lui avait proposé de le prendre sur ses épaules. Il jacassait à tout va, sans jamais s'arrêter. Et que la plaine est verte. Et qu'il y a des oiseaux. Et quand est-ce qu'on mange. Et quand est-ce qu'on arrive…

— On va faire un jeu, le coupa Kelya.
— Un jeu ? Quoi comme jeu ?
— Je parie mon plus beau caillou que tu sais pas te taire jusqu'au feu de camp.

— Montre le caillou d'abord.

Kelya extirpa de sa poche la pierre bleue polie par la rivière qu'elle avait ramassée ce matin. Elle avait pensé à lui en la voyant, sans oser la lui donner. On n'allait pas offrir des cadeaux à ses ennemis, et puis quoi encore ! Mais si ça pouvait faire taire le truc qui occupait ses épaules… pourquoi pas. Il fallait bien qu'elle garde ses sens vifs et alertes.

— Wah ! Donne !

— Non, faut se taire ! Trois, deux, un, top !

Par Novisskric, le mioche se taisait enfin ! Kelya soupira d'aise, prête à entendre le bruit des oiseaux alentour. Mais il n'y en avait plus aucun. Devant elle, Elias avait également arrêté sa marche.

— Isaac ! alerta Elias.

Le guerrier n'eut que le temps de se retourner que déjà une fissure apparaissait sous leurs pieds.

— Turkin ! Courez !

Kelya resserra sa prise sur les jambes de Maël et poussa Elias dans la bonne direction. Ce dernier ne se le fit pas dire deux fois et emboita son pas. Le sol tremblait. Isaac saisit Elias par le poignet et l'entraina en avant. La fissure s'élargissait derrière eux.

— Plus vite !

S'ils n'accéléraient pas, la terre allait les engloutir. Ils coururent aussi vite qu'ils le pouvaient, jusqu'à ce qu'enfin, la terre cesse de vibrer. Des gravillons et des rochers continuaient de rouler, mais ils étaient sains et saufs. Kelya n'osait pas reposer Maël au sol, de peur qu'une réaction en chaine ne se produise. Mais autre chose attira son attention. Une lueur d'espoir. Une porte brillante dans l'obscurité.

— Un portail !

Le groupe s'en approcha avec circonspection. Il était étrange d'en trouver un là, au milieu de nulle part. Kelya analysa l'environnement.

Chapitre 10

Ils évoluaient sur ce qu'elle avait pris pour de grosses pierres naturelles, mais c'était en réalité des gravats. Une habitation s'était écroulée, sans doute au début des effondrements, car la végétation avait déjà commencé à camoufler la construction.

— C'est pas sûr, grommela Isaac.
— Un portail ? Un vrai ? Est-ce qu'il va sur Terre ?
— 'Sais pas.

Il était impossible de découvrir où il menait sans l'emprunter. Ces plaines vertes aperçues à travers pouvaient être celles de Nelor comme celles de n'importe quel autre continent. Mais Kelya ne pouvait pas laisser passer l'occasion, c'était trop beau pour ne pas essayer.

— Soit on continue d'avancer en espérant arriver au prochain port avec peut-être un bateau, soit on tente notre chance de traverser une simple porte pour se retrouver en sécurité.
— La peste ou le choléra, quoi, commenta Elias.
— Ouais. Faudrait un éclaireur… laissa-t-elle en suspens.
— Moi ! Moi ! Moi !

Kelya donna une tape sur le crâne du mioche et se retint de dire qu'il était trop petit.

— On a besoin de ton lance-pierre ici.

Isaac la toisa. Elle savait très bien ce qu'il pensait : « C'est toi ou moi. » Mais elle comptait sur l'espoir qu'il cède en premier. Il le fallait. Ils s'observèrent les yeux dans les yeux un moment, puis Isaac hocha la tête. Il acceptait d'y aller. Il laissa tomber son sac au sol et en sortit une partie du matériel de survie pour le confier à Kelya.

— Campez là. Si j'reviens pas d'ici demain, partez sans moi.
— Isaac… hésita Elias. Fais attention.
— T'inquiète gamin, j'ai les os solides. P'tèt que j'vais revoir ma bonne vieille Terre.

Le cœur de Kelya battait avec force. Elle avait l'impression que n'importe qui à la ronde pouvait l'entendre, mais elle se composa un masque de façade. L'occasion était trop belle. Quand le corps d'Isaac disparut à l'intérieur du portail, elle relâcha enfin ses muscles. Puis, sans perdre une minute supplémentaire, elle rangea le matériel donné par Isaac tout en cherchant la bourse confiée par Garrett. La voilà. Maël était trop occupé à viser les nuages et Elias ne pouvait voir ce qu'elle effectuait. Un enfant naïf et un aveugle pas plus futé. De la bourse tomba une grosse pierre ronde de la taille de sa paume qui luisait d'une couleur violette. Un sort chargé et enchanté à l'avance. Elle la serra entre ses doigts et pensa à son message.

Il est isolé, dit-elle en communiquant leur position.

La réponse lui parvint aussitôt en pensée, forçant son mathiak pour y déposer ces mots :

Rendez-vous à Belme.

L'image d'un bâtiment muni d'une porte verte accompagna le message. Puis, la pierre s'éteignit et le contact se rompit. Quelle inutilité, ces messages uniques. Elle n'avait pas eu le temps de donner son propre lieu de rendez-vous. Rejoindre la ville la plus proche revenait à devoir convaincre Elias de quitter le portail alors même qu'Isaac leur avait demandé de rester à proximité. Il n'était pas naïf au point de lui faire assez confiance pour aller contre un ordre de son oncle. La seule solution viable exigeait qu'Isaac reste en exploration assez longtemps pour que la nuit se couche. Ou alors… Quelques grains dorés s'échappèrent de ses doigts et s'envolèrent à travers le portail. Quand Isaac souhaiterait revenir en arrière, une mauvaise surprise l'attendrait.

— Venez, montons le campement à l'abri de ces arbres.

Les deux garçons la suivirent sans opposer de résistance. Kelya jeta un coup d'œil inquiet derrière elle. Son ventre se serra. Elle était

Chapitre 10

partagée : d'un côté, elle espérait que son piège fonctionne sans problème, mais de l'autre, elle souhaitait qu'Isaac surgisse et l'empêche de réaliser la pire action de sa vie.

Chapitre 11

Traîtres

À la nuit tombée, Maël et Elias dormaient à poings fermés. Kelya repoussa doucement sa propre couverture et déroula les liens d'arguentyl. Même si le somnifère glissé dans le repas agissait toujours, elle prit un luxe de précaution. Elle lia Maël avec une facilité déconcertante : il dormait comme une souche et son corps était tellement mou qu'on se demandait où étaient passés ses os. Pour Elias, elle avança avec encore plus de précautions. Elle lui avait appris à se défendre, elle savait qu'il pourrait lui faire mal avant qu'elle ne réussisse à l'attacher. Autant qu'il reste endormi le plus longtemps possible.

Une fois ses deux cibles liées, Kelya dispersa les braises du feu et empoigna son paquetage. Elle laissa en plan les affaires de Maël et d'Elias sans se soucier de les dissimuler. Quand Isaac les trouverait, il serait déjà trop tard. Elle hésita : devait-elle laisser Maël sur place en attendant qu'Isaac arrive ? Ou se charger de ce fardeau supplémentaire ?

Avec un soupir, Kelya secoua la tête. Un trou pouvait s'ouvrir sous ses pieds à tout moment, une bête sauvage le dévorer ou alors le simple froid de la nuit le geler jusqu'aux orteils. Il serait cruel de condamner le mioche à pareil sort. Alors, elle ordonna aux grains dorés de se glisser sous les deux corps qui se soulevèrent du sol. Du bout des doigts, elle les guida devant elle jusqu'à Belme, à une heure de marche d'ici.

À cette heure, la ville était déserte. Au vu de la couche de poussière qui s'accumulait dans les rues, le passage d'habitants devait être réduit, même en pleine journée. Peu de maisons étaient éclairées et nombre d'entre elles avaient les portes brisées ou forcées. Personne ne la dérangerait. Elle traversa ces rues silencieuses jusqu'à trouver le bâtiment communiqué par Garrett. Elle frappa trois coups à la porte, le souffle court. Sa magie avait des limites et porter deux corps sur cette distance l'avait épuisée.

— Kelya.

— Garrett.

Elle se retint d'ajouter une insulte derrière son nom et entra dans la pièce à l'allure misérable : plusieurs tables, quelques chaises et une étagère avec quelques provisions. Même le foyer de la cheminée était éteint. Seule la lueur de quelques bougies procurait un peu de lumière. Elle s'empressa de poser les deux corps toujours endormis sur les tables et s'assit sans cérémonie.

— File-moi ma paie, de l'eau et je me tire avec le mioche.

Garrett lui lança une bourse qu'elle saisit en plein vol. Il désigna une cruche d'eau de la tête et se baissa pour prendre une corde. Il fixa le corps d'Elias sur la table avec ce lien supplémentaire. Kelya détourna le regard. Elle ne voulait pas voir ça. Elle versa l'eau dans l'unique godet et le porta à ses lèvres. Garrett la fixait sans bouger. Cette attitude était beaucoup trop louche.

— Sale traître !

Kelya lui jeta l'eau au visage. Il eut un mouvement de recul, confirmant ses doutes. Il espérait la tromper avec la même ruse qu'elle avait utilisée sur des gamins. Sauf qu'il y avait longtemps qu'elle ne lui accordait plus sa confiance aveugle. Ses grains dorés jaillirent vers lui. Garrett ne bougea pas. Il souriait à pleines dents. La magie de Kelya se heurta à un mur invisible et s'évanouit. Non, c'était pire que ça : Garrett absorbait son énergie. Un buveur d'âmes! Quand avait-il rejoint ce peuple d'extrémistes ? Il avait toujours réfuté la part de démon en elle et voilà qu'il était devenu pire. Si la magie ne fonctionnait pas, alors… Kelya fonça tête baissée sur lui, espérant au moins pouvoir atteindre la sortie et sauver sa peau.

Un formidable souffle d'air la propulsa en arrière. Son crâne heurta le mur, la sonnant quelques précieuses secondes. Sa vision était floue, ses émotions assourdies. La douleur cognait dans sa tête. Elle peinait à fixer son regard. Des cordes s'enroulèrent autour de ses membres et, avant qu'elle ne puisse opposer la moindre résistance, elle se retrouva prise au piège.

— Kelya ? Kelya, qu'est-ce qu'il se passe ?

Elias venait de se réveiller.

— Ta prétendue amie vient de te livrer à moi en échange de perles noires.

— Non, c'est… protesta-t-elle.

Mais c'était la vérité, la pure et stricte vérité. Par le Maelström, qu'avait-elle fait ?

— Kelya ?

La voix d'Elias se brisa. Il devait se sentir aussi trahi qu'elle l'avait été avec Garrett. Comme lui, elle n'avait pensé qu'à sa petite personne, ses buts, ses aspirations, son ambition. Égoïste.

— Kelya! Sale démone! hurla Elias.

Ses injures se perdirent dans le morceau de tissu que Garrett lui enfonça dans la bouche.

— Silence.

Démone. Ce mot plus que tout autre fit mal à ses entrailles. Et elle comprit ce qui la gênait tant. Parmi ce groupe, pas une fois on ne l'avait renvoyée à la couleur de ses yeux. Jamais on n'avait soupçonné son engeance maléfique ni mis en doute qu'elle était autre chose qu'humaine. Ils l'avaient acceptée sans rien dire et elle les avait trahis avec froideur. Elle était bien le monstre que tous décrivaient. Seulement, eux avaient été assez naïfs pour lui faire confiance.

Un nouveau souffle d'air souleva Kelya jusqu'à une chaise où Garrett la fixa avec des liens supplémentaires d'arguentyl.

— Cette fois, tu ne m'échapperas pas.

Elle ne résista pas. Elle avait définitivement perdu. Garrett positionna une perle noire à la taille démesurée au milieu de la pièce et y relia des câbles en argent qu'il fixa au crâne de Kelya, puis à celui d'Elias. Mais alors qu'elle pensait qu'il en avait fini, il se dirigea vers Maël pour faire de même.

— Le mioche n'était pas dans le contrat ! Qu'est-ce que tu fous ?

Non, pas Maël. Pas lui. Il ne devait pas toucher à un seul de ses cheveux. C'était l'innocence même. La joie incarnée. Il n'avait pas le droit. Pas le droit.

— Pourquoi devrais-je me priver du bonus d'énergie que tu m'apportes ? Même si son pouvoir est encore à l'état de sommeil, les enfants sont ceux qui ont les émotions les plus fortes.

Alors qu'elle pensait lui épargner les bêtes qui rôdaient dans les bois, Kelya avait conduit Maël dans la tanière d'une créature bien plus dangereuse.

— Que vas-tu nous faire ?

— Aspirer les pouvoirs de vos mathiaks pour recharger mon orbe noir.

Garrett se rengorgeait de ses mots. Il avait toujours apprécié le contrôle et encore plus l'idée de pouvoir. Où était passé le gamin au luth qui avait eu la patience de l'aimer ? Sommeillait-il encore en lui ou avait-il totalement disparu ?

— Garrett, je sais que toi et moi...
— Ah, non.

Il s'approcha d'elle et la bâillonna à son tour.

— Garde ton petit discours, je dois me concentrer. J'ai hâte de voir le potentiel de la source. Est-elle vraiment infinie ?

Garrett positionna ses mains sur l'orbe noir et ferma les yeux. Soudain, la porte du mathiak de Kelya s'ouvrit de force. Les flux de pouvoirs de son désert glissèrent hors d'elle, sans qu'elle puisse les empêcher. Ils étaient peu nombreux : elle avait utilisé une bonne partie de sa réserve pour les conduire ici. Son seul espoir était qu'Isaac arrive pour les sauver avant qu'ils ne soient à sec. S'il parvenait à déjouer son propre piège... Quelle idiote !

Tout à coup, Maël cria. Il hurlait de douleur. Ses cris transpercèrent l'âme de Kelya. Elle hurlait avec lui. Elle voulut supplier Garrett d'arrêter, mais elle ne put que gémir à travers le tissu qui bloquait sa bouche. *Arrête, arrête ! Tu vas le tuer !* Le mathiak de Maël était vide. Garrett tirait sur son essence vitale. Il aspirait ses émotions, tout ce qui faisait de lui une personne. Tout son être. L'enfant se débattait dans ses liens, comme s'il étouffait. Ce supplice s'arrêta net. Maël cessa de crier. Ses muscles se relâchèrent. Le silence accabla les sens de Kelya.

— Et de un, lâcha froidement Garrett. Kelya, tu seras la prochaine, ton mathiak est presque vide.

Il pouvait bien prendre ses pouvoirs et sa vie. Elle ne méritait pas de continuer à respirer. À cause d'elle, Maël était mort. Il ne restait de lui plus qu'une coquille vide, sans âme. Des larmes envahirent le visage de Kelya. Tout son être se tordait de douleur. Sa faute. C'était de sa faute. Le petit Maël était mort. Tout ça pour quelques perles noires.

Le monde devint flou. Elle ne méritait pas de vivre. Son existence ne conduisait qu'au malheur. À la souffrance. À la peine. Des bruits sourds bruissaient contre ses oreilles, mais elle n'en avait cure. Elle ne voulait plus avoir affaire avec la vie, avec personne de ce monde.

Soudain, une présence forte et puissante s'étendit comme une chape de plomb sur ses sens, éteignant toute vie autour d'elle. Bien plus fort que son démon, la magie étrangère tourna autour d'elle et l'enveloppa dans son cocon.

Ton heure n'est pas venue, petite chose. Quelqu'un a encore besoin de toi, souffla la voix dans son esprit.

Elle sentit ces paroles écrasantes résonner dans tout son corps. Puis, la présence se dissipa et elle retrouva sa lucidité. Elle pouvait encore sauver Elias. Réparer sa dernière erreur.

Encore une fois, Garrett avait choisi le mauvais camp. À croire que ses trahisons passées n'étaient que les prémisses de l'homme qu'il était devenu. Pas quelqu'un de bien. Et plus que tout, il avait... Il avait... tué un gamin. Un petit être qui n'avait rien demandé à personne. Qui n'était là qu'au mauvais endroit au mauvais moment. Quelqu'un qui pouvait encore aspirer à une vie meilleure, se sortir de la misère et trouver sa voie.

Sa rage gonfla. Elle lâcha la bride au démon, puisant dans les grains de terre la matière nécessaire à son pouvoir. Garrett avait posé la main sur la tête d'Elias et la regardait avec un sourire suffisant. Peut-être que son démon pouvait la délivrer. Après tout, il était spécial et l'avait déjà sauvé par le passé.

— Que crois-tu faire ? Tu te débats en vain.

Kelya regretta de l'avoir soigné de la magie. Elle aurait dû l'étouffer totalement cette fois-là sur les dunes. Mais le démon ne répondit pas à son appel. Ses mains étaient vides. Elle recommença, encore et encore, sans le moindre succès. Le démon ne pouvait surpasser l'arguentyl. Sans accès à sa magie, elle se sentait vulnérable. Pour la première fois de sa vie, le démon ne viendrait pas à son secours. Garrett ricana devant sa déconvenue.

Si la magie ne pouvait rien faire, alors… Kelya tenta de se libérer en se contorsionnant. La chaise pouvait se casser d'une manière ou d'une autre. Elle se pencha pour la faire basculer, d'avant en arrière.

— Même si tu parviens à te libérer, tu crois pouvoir me battre ? Grâce à Elias, j'ai accès à une source de pouvoir plus grande que la tienne. Et j'ai suivi l'enseignement des mages à son terme, contrairement à toi qui t'es contentée de pourchasser les petits brigands à peine capables d'utiliser leur mathiak correctement. Ta force brute est puissante, mais inutile.

Kelya refusait d'abandonner, même si ses efforts semblaient vains. La chaise tomba enfin, mais au contraire de ce qu'elle espérait, ne se brisa pas sous son poids. Non seulement elle ne pouvait toujours pas appeler le démon, mais en plus, elle se trouvait dans une position vraiment inconfortable. Et pendant ce temps, Garrett continuait de vider leur énergie. Combien de temps tiendraient-ils avant de n'être plus qu'une coquille vide, sans émotion et sans âme ? Jusqu'où le pouvoir de source pouvait-il fonctionner ?

La source. C'était ça la solution. Il fallait qu'Elias se connecte à elle, comme il l'avait fait lors de leur dernier entrainement au combat. Un trop-plein de magie pouvait peut-être saturer l'arguentyl qui les liait. Après tout, l'énergie devait bien aller quelque part. Il devait forcément y avoir une limite à cette matière.

— Elias ! cria-t-elle. Connecte-toi !

Kelya ne maîtrisait toujours pas l'ouverture de son mathiak ; sans Elias pour provoquer leur connexion, ils n'arriveraient à rien.

Elias le savait. Il savait que Kelya était louche, depuis le départ. Il aurait dû rester sur sa première impression. Non seulement elle les avait drogués, mais elle les avait en plus amenés à un fou furieux qui voulait voler leurs pouvoirs ! Incapable d'activer sa vision spéciale à cause des liens d'arguentyl, Elias était forcé de recourir à son ouïe. D'après son interprétation, elle s'était fait avoir à son propre jeu. Mais Maël ne méritait pas ça. Maël aurait dû rester en dehors de tout ça. Et maintenant, Maël était mort. Alors, quand Kelya lui intima de se connecter à elle, il hésita. Ne devait-il pas attendre que Garrett ait fini de pomper son énergie entière pour être débarrassé d'elle ?

Mais il n'était pas comme elle. Pas aussi mauvais pour laisser une humaine mourir. Alors, il projeta toute sa conscience vers celle de Kelya. Mais rien ne se passa. L'arguentyl les empêchait de contrôler leurs mathiaks. Et impossible de le lui faire savoir, avec ce bâillon.

Des grains de poussière tombèrent sur son visage. Il éternua. Garrett poursuivait son expérience, imperturbable. La sensation froide de l'argent sur son crâne rappelait à Elias celle menée par son père. Le procédé était le même, mais Garrett aspirait son pouvoir au lieu de lui en injecter.

Soudain, des mains rêches et calleuses glissèrent sur sa peau. Quelqu'un... se déplaçait sous la table. Quelqu'un était en train de défaire les liens qui l'empêchaient d'agir. Qui ? Isaac ! Cette respiration, ces pas lourds... Cela ne pouvait être que lui. Comment les avait-il retrouvés ? Peu importait, Elias s'efforça de ne pas bouger pour ne rien trahir. Les cordes et câbles glissèrent de son corps. Les pas d'Isaac s'éloignèrent lentement de sa table et se dirigèrent vers celle de Maël. Non, c'était inutile ! Il fallait libérer Kelya ! Elle seule pouvait l'aider à battre ce fou.

Chapitre 11

— Démone ! Tout ça, c'est de ta faute ! hurla-t-il.

Il espérait que cet indice indiquerait à Isaac vers qui se tourner. Mais Elias comprit son erreur : il aurait dû être toujours bâillonné et ne pas pouvoir s'exprimer. Garret réagit aussitôt :

— Comment as-tu...

— Elias ! rugit Isaac. Maintenant !

Elias bondit de la table et activa sa vision. Deux silhouettes colorées se battaient au centre de la pièce. Isaac ne tiendrait pas longtemps sans magie pour lutter. Où était Kelya ? L'arguentyl parasitait sa couleur. Elias se fia à ses propres sens, avançant au jugé en fonction du dernier endroit où il avait entendu sa voix. Ses doigts rencontrèrent les fils d'argent. À leur contact, le sol trembla. Elias remonta leur piste jusqu'au crâne de Kelya et s'empressa de la détacher. Vite !

Il fonça dans son mathiak et la rejoignit dans une ville dont les allées étaient recouvertes de sable. La réserve de Kelya était cadenassée dans sa boîte, tandis que celle d'Elias était couverte par des nuages dans le ciel. Effectivement, Kelya était presque à sec. Un peu plus et il ne serait plus rien resté d'elle.

Et maintenant ?

Tu es la source, non ? Quand ton énergie se recharge seule, d'où ça vient ?

Hmm... Laisse-moi chercher.

La source. Son ciel était toujours aussi plein de magie, alors que Garrett venait de lui pomper ses pouvoirs. Isaac lâchait prise. Elias devait accélérer. Il sonda son mathiak à la recherche d'une ouverture, quelque chose. N'importe quoi ! La magie devait bien provenir de quelque part pour compenser la perte et recharger son ciel aussi vite. Il déploya sa vision à l'intérieur de son mathiak et parcourut le paysage.

Là !

Elias désigna une étoile dans le ciel, plus vive que les autres. Elle déversait un flux blanc lumineux avant qu'il ne se divise en plusieurs flux de plusieurs couleurs. L'effet était si subtil qu'il ne l'aurait jamais trouvé juste en se servant de ses yeux.

Ok ! Envoie-moi ton énergie, je m'occupe de lui.

Kelya sentait l'animosité d'Elias transpirer par tous ses pores. En même temps, quand on partageait la même conscience magique, il était difficile de masquer ses émotions à l'autre. Mais l'urgence n'était pas au règlement de compte.

Elle passa le mathiak en second plan pour revenir à la vision réelle. Mais la présence d'Elias était toujours là, à la commissure de son esprit. Elle sentait le fourmillement caractéristique dans le bout de ses doigts. La magie manifestait sa présence. Une magie, pure, brute, non reliée à ses émotions propres. Les grains dorés s'élevèrent et foncèrent sur Garrett. Mais ils se fracassèrent sur un mur invisible et se dispersèrent aussitôt. Il s'était protégé. Elle recommença, encore et encore, sans le moindre plus petit succès.

Viser les pieds n'était pas non plus une option ; son pouvoir venant du sol, il devait s'attendre à une attaque de sa provenance. Par contre, le plafond... Une fissure le traversait et la construction avait déjà dû être fragilisée par les nombreux tremblements de terre subis par Nelor. Il faudrait un simple petit coup de pouce pour qu'il s'écroule sur leurs têtes. Mais cela causerait leur mort à tous.

— Isaac ! Occupe-toi d'Elias, je m'occupe de lui !

Isaac lâcha Garrett et glissa au sol pour échapper à sa déflagration d'air. Les tables voltigèrent contre les murs. Une chaise faucha les cheveux de Kelya.

— Que crois-tu faire ? Tu ne contrôles rien. Moi, en revanche…

Les doigts de Kelya tremblèrent. Pouvait-elle les sauver, cette fois ? Elle espérait qu'Isaac aurait le temps de mettre Elias à l'écart. Dans le cas contraire, elle se tenait prête à invoquer une carapace de sable, en même temps qu'elle provoquerait l'effondrement du plafond. Elle n'avait plus construit de telle caverne depuis son enfance et la mort de sa tribu. Elle espérait juste que les préceptes de son clan étaient suffisamment ancrés en elle pour que son bouclier soit assez puissant.

Garrett reporta son attention sur Kelya. Il avait déjà accumulé beaucoup trop de puissance et se servait de l'orbe comme réserve à ses sorts. D'un geste, le corps de Kelya fut soulevé dans les airs. Elle sentait une brise légère tourner autour de son cou. Il allait l'étouffer.

— Tu vas comprendre ce que ça fait.

À se gargariser de sa puissance, il lui laissait juste assez de temps pour agir. Kelya inspira et envoya l'énergie d'Elias dans ses mains. Une quantité phénoménale de grains de sable jaillirent de ses doigts et se glissèrent dans la fissure. Ils s'y condensèrent pour l'écarter assez, encore un peu… juste un peu… Un craquement répondit à son appel. Garrett lâcha son emprise. Kelya chuta au sol, mais le sable obscurcissait sa vision. Alors, Elias lui envoya la sienne. La silhouette colorée de Garrett s'afficha dans l'obscurité. Kelya propulsa tout le reste de sa puissance au-dessus de la tête de son ancien ami.

Le plafond s'écroula. Dans un dernier souffle, Kelya pria le démon de les protéger. Un mélange de poussière et de pierres tomba sur eux. Kelya toussa, toussa encore. Des débris la frappèrent, la forçant à se recroqueviller mains sur la tête. Cette scène avait un goût amer de déjà-vu. Les cris de sa tribu se mêlaient à ceux d'Elias. L'acharnement à les sauver d'Isaac. Le sable. Partout. La poussière. Des larmes s'arrachèrent à son visage. Rien ne la sauverait cette fois. Puis, tout cessa.

Les débris arrêtèrent de tomber. Mais elle était toujours plongée dans le noir. Elle respirait avec peine. Son corps était bloqué par une masse. Elle allait mourir étouffée quand la poche d'air serait vide. Plus une miette de pouvoir n'habitait ses veines. Le démon ne répondrait plus à son appel. Son esprit n'était plus connecté à celui d'Elias. C'était fini, terminé. Adieu la culpabilité. Adieu les erreurs. Plus de mort. Plus rien.

Mais alors que son esprit se complaisait dans cette douce tranquillité, la lumière de la lune éclaira son visage.

— Bouge pas, grogna Isaac.

Morceau par morceau, il allégea son corps jusqu'à ce qu'elle puisse se redresser en position assise. La douleur se propagea dans tous ses muscles, mais elle tint bon. Ce n'était rien face à celle de son esprit.

La tête de Garrett dépassait d'un gros débris, son corps pris au piège par le plafond. L'air frais de la nuit chassa vite la poussière provoquée par l'effondrement. Les yeux de Garrett fixaient le vide, comme absents. Mort. Garrett était mort. Pour la première fois de sa vie, elle avait volontairement ôté la vie de quelqu'un. Quelqu'un de nuisible, certes, mais c'était elle qui s'était portée en bourreau. Aucune prime, aucun contrat ne lui avait demandé de s'y plier. Elle aurait pu se contenter de le neutraliser. Au lieu de cela, ses émotions avaient pris le contrôle de ses pouvoirs et elle était allée au bout. Au bout de la vie d'un autre.

— Maël! Maël! criait Elias en secouant le corps de l'enfant.

Cette mort-ci, elle ne pourrait jamais se la pardonner. Son principe avait volé en éclats. L'enfant était mort. Isaac acheva de la libérer, mais elle ne put se relever. Sa jambe formait un angle peu naturel. Brisée en miettes. Comme son âme.

Isaac lui lança le bâton d'Elias et déchira un morceau de la toge de Garrett. Puis, il solidifia sa jambe pour lui permettre de se relever.

Chapitre II

Non, pas Maël. Pas lui. Elias le secouait dans l'espoir de le voir revenir à lui. Écouter ses rires. Entendre ses questions insupportables. Même recevoir les cailloux de son lance-pierre ! Tout plutôt que ce corps tout mou qui ne réagissait pas.

— Il respire, il respire encore !

Couverte de poussière, sa poitrine continuait à fonctionner mécaniquement. Comme par habitude.

— C'est inutile, commenta Kelya.

— Tais-toi !

Qu'en savait-elle, hein ? Avec la magie, tout était possible. Il pouvait le sauver. Peut-être en utilisant ces câbles d'argent, ou cet orbe noir ? Ou alors, en lui insufflant de la magie à travers le mathiak comme il l'avait fait pour Kelya ? Mais la porte de Maël restait close. L'enfant ne l'avait jamais ouverte. Ses pouvoirs ne s'étaient pas encore éveillés.

— Même si son corps fonctionne toujours, son âme est partie, expliqua Kelya. Ce n'est plus qu'une coquille vide. Sans émotion.

— Je t'ai dit de te taire ! Tout ça, c'est de ta faute !

La main de Kelya se posa sur son épaule. Il la chassa avec violence. Ses doigts s'agrippèrent à des cailloux et il les lui lança au visage. Il frappa encore dans sa direction. Kelya ne bougea pas et son coude heurta son torse.

— Tu l'as tué ! Il serait encore en vie sans toi !

De ses poings, il martela le corps de Kelya, y déversant sa rage, sa haine, sa peine.

— C'est toi qui nous as amenés là ! Toi ! Il t'a payée !

À bout de forces, il s'effondra au sol, laissant ses larmes couler sans s'arrêter. Sa respiration peinait à reprendre le dessus. Il avait peur, si peur de mourir à son tour. Le plus faible, c'était désormais lui. La main de Kelya se posa à nouveau sur son épaule. Il n'avait plus la force de la rejeter.

— Je... Je suis désolée, articula-t-elle avec peine.

Il ne voulait pas de ses excuses. Il voulait qu'elle disparaisse et qu'elle emporte avec elle la douleur qu'elle venait de provoquer. Elle reniflait, comme lui. Mais rien, jamais, ne pourrait excuser ses actes. Elle voulut l'aider à se relever, mais il la repoussa. Il n'avait pas besoin d'elle. Il n'avait besoin de personne. Il se releva seul et s'éloigna d'elle. Qui savait quel autre mauvais coup elle préparait ?

Isaac l'aida à s'extirper des débris sans tomber et retourna chercher le corps de Maël. Leurs pas crissaient dans la poussière. Le vent frappait le torse d'Elias. Mais une tempête criait dans son cœur.

— Il faut partir, ordonna Isaac.

Elias hocha la tête et suivit le son de sa voix. Ses jambes semblaient à deux doigts de s'écrouler sous lui, tant l'énergie dépensée pour vaincre Garrett l'avait vidé.

— Et... Maël ?

Sa voix se brisa sur son prénom.

— Dans mes bras.

Elias ravala ses larmes. Ce n'était pas l'heure de le pleurer. Pas encore.

— Kelya... claqua la voix d'Isaac.

Son oncle allait s'occuper d'elle comme de tous leurs ennemis. Après ça, elle ne ferait plus jamais de mal à personne.

— Viens avec nous. Il y a d'jà eu trop d'morts sur ce turkin de continent.

Quoi ? Il oubliait tout ? Aussi facilement ? Maël ne comptait pas à ses yeux ?

Chapitre 11

— Non, s'opposa Elias. Non ! Je ne veux pas d'elle !

— Sans elle, tu serais mort. Et sans elle, j'vous aurais pas retrouvés si vite. C'tait malin d'utiliser le bâton d'Elias pour tracer le chemin. J'l'ai tellement vu qu'j'pouvais pas l'louper.

Elias n'arrivait plus à démêler ses émotions des faits. Pourquoi Kelya aurait-elle indiqué le chemin à Isaac alors même qu'elle les livrait à ce fou ? Les remords ? La culpabilité ? En tout cas, rien d'assez fort pour qu'il lui pardonne.

— À cause d'elle, Maël est mort !

Voilà, il l'avait dit à voix haute. Par ces mots, leur sens devenait plus réel. La vérité plus écrasante que jamais. Maël était perdu pour toujours.

— Cet enfant peut encore être sauvé, tonna une nouvelle voix.

Chapitre 12

La reine Faith

Une femme se dressait sur le chemin. Sa cape bleu nuit claquait dans la poussière qui glissait dans les rues abandonnées. Sa peau noire brillait sous la clarté des étoiles. Kelya la connaissait.

— Reine Faith, lâcha-t-elle.

Elle l'avait rencontrée il y avait une vingtaine d'années, après avoir fui Jarah, et pourtant, la femme n'avait pas pris une ride. Comment avait-elle pu rester aussi belle malgré le passage du temps ?

— Je… Je vous connais, dit Elias.

— En effet.

Quelle suffisance. Avait-elle tenté de le recruter aussi pour son ordre des Passeurs ? Derrière la reine se tenait une jeune fille métissée portant un cornet, un long instrument de musique.

— Encore une fois, j'aimerais vous proposer mon aide avec Isis, la première Passeuse.

Elle désigna du menton la jeune fille et croisa les bras. Si elle pensait que son aide allait être si bien reçue alors que tout l'accusait… Chaque fois, cette reine débarquait après les pires moments de la vie de Kelya, comme si elle était le Maelström en personne, provoquant les malheurs du monde pour mieux en tirer profit.

— D'où venez-vous ?

— Je suis sur la trace de cet homme depuis des jours. Cet orbe noir… m'appartenait.

Des éclats de pierre noire jonchaient le sol, brisé par l'effondrement du plafond. Isis se baissa pour ramasser les morceaux et les ranger dans son sac.

— Pourquoi ? s'enquit Elias.

— Les buveurs d'âmes sont censés me prêter allégeance. Ce n'était pas son cas et son activité était bien trop suspecte.

— Vous arrivez trop tard, s'opposa Kelya. Il est mort.

— Je le vois bien. Mais pas l'enfant.

— Son âme s'est envolée. C'est impossible de la ramener dans son corps.

— Pas si toi et Elias devenez des Passeurs.

Encore cette histoire de Passeurs. Comme si son ordre pouvait tout régler. Balivernes. Les morts restaient morts. Personne ne pouvait plus accéder à la porte de leurs mathiaks, car plus rien ne les liait au réel.

— Ça coûte rien d'essayer, intervint Isaac.

Il posa Maël au sol avec une délicatesse insoupçonnée et recula de quelques pas.

— Qu'est-ce qu'il faut faire ? s'enquit Elias.

Tout cela allait beaucoup trop vite. Elle surgissait de nulle part et en plus avec le remède miracle pour ressusciter les morts ? C'était bien trop beau pour être vrai. La méfiance naturelle de Kelya hurlait comme une alarme à l'intérieur d'elle.

— Qu'est-ce que vous voulez en échange ?

— Que vous m'aidiez à sauver le monde.

Kelya éclata de rire.

— Rien que ça ! Sauver le monde ! Et puis quoi encore !

Chapitre 12

— Si vous sauvez Maël, je ferai tout ce que vous voudrez, assura Elias.

— Mais...

— Kelya ! Tu nous dois bien ça !

Elias ne lui laissait pas vraiment le choix. Et puis, pourquoi était-elle si réticente ? Elle pouvait réparer son erreur, repartir à zéro. Qu'est-ce qui la retenait ? Le démon avait déjà provoqué tant de dégâts... Le libérer pouvait-il encore aider qui que ce soit ?

— Je dois vous avertir que les chances de réussite sont minces... expliqua la reine. Plus vous attendez, plus son âme s'éloigne.

— Si devenir Passeur peut accomplir ce genre de prouesse, nous devons le faire ! s'imposa Elias.

C'était bien la première fois qu'elle voyait Elias décider avec tant de véhémence. Elle revit en lui la jeune Kelya, celle prête à tout pour sauver Garrett. La Kelya d'aujourd'hui en était-elle si éloignée ?

— Bien, soupira-t-elle. Expliquez-nous.

Elle ne savait pas vraiment dans quoi elle mettait les pieds, mais ce n'était qu'un faible risque à côté de tout ce que sa vie lui avait apporté. Pour une fois, elle avait l'occasion de faire le bien au lieu de tout détruire sur son passage.

— Isis, prépare la zone.

La jeune fille commença à tracer une rune dans le sol autour du corps de Maël et à déposer des objets à ses pointes.

— Nous allons réaliser les deux sorts en même temps. Le rituel pour devenir Passeur implique de la musique : c'est une autre voie que la porte du mathiak pour contrôler la magie. Prenez ces instruments.

Elle donna un violon à Elias et un luth à Kelya. Parmi toutes les possibilités existantes, quelle était la chance que la reine choisisse justement celui-ci ?

— Ces objets contiendront les esprits et catalyseront vos pouvoirs. Ils permettront de vous offrir le contrôle et d'empêcher que la magie n'échappe à vos pensées.

— Attendez… Pourquoi est-ce que vous vous promenez avec des instruments de musique pour chasser un buveur d'âmes ?

Comme par hasard, la reine avait avec elle de quoi réaliser le rituel pour devenir Passeur.

— Constituer l'ordre des Passeurs est mon objectif principal. C'est le seul moyen existant pour empêcher que ce qui arrive à Nelor se reproduise ailleurs sur Thera.

Elle frappa dans son coffre de voyage qui s'ouvrit en grand, révélant d'autres instruments de musique en attente de leurs propriétaires.

— Nous aurons tout le temps de discuter ensuite, le temps presse.

— Faites-nous confiance, dit Isis. Faith veut vraiment vous aider.

Kelya ravala ses doutes pour plus tard. Rien ne l'obligeait à les suivre ensuite si le marché était trop tordu, mais l'impression de faire un pacte avec le Maelström ne la quittait pas.

Une langue ancienne aux sonorités rugueuses s'extirpa de la bouche de la reine et soudain, deux êtres apparurent. Sorti de l'obscurité, un énorme chien à trois yeux et trois queues semblait prêt à mordre le premier venu de sa gueule pleine de dents. Une deuxième bouche pointue surplombait la première. Chacune de ses pattes était auréolée de ténèbres. Puis, une ombre voila le ciel. Le dragon rouge cracha une longue gerbe de feu avant de s'ébrouer dans les airs. Il se posa avec lourdeur à leurs côtés. Ses écailles luisantes brillaient de mille feux et sa queue avait l'apparence d'une torche. Il ne tenait pas en place et croquait chaque brin d'herbe qui s'approchait d'un peu trop près. Kelya ne put s'empêcher de tressaillir à sa vue. Elle n'avait jamais pu le contempler d'aussi près.

— Les Chimères de la peur et de la colère vous aideront à canaliser votre énergie. Mais elles feront plus que soutenir le sort.

— Comment ça ? s'inquiéta Elias.

— C'est elles qui libéreront vos pouvoirs et ôteront le cadenas qui vous empêche de pratiquer la magie à volonté. Mais cette puissance a un prix. Pour s'assurer que vous ne détruirez pas le monde, la neuvième Chimère, Charon, introduira un morceau de son âme dans votre instrument.

— La neuvième Chimère ? interrogea Elias. Elles ne sont que huit ! Une pour chaque émotion !

— C'est la Chimère de la mort et le Passeur des âmes. C'est par lui que nous essayerons de ramener l'âme de Maël dans son corps. Dès le rituel des Passeurs achevés, vous pourrez communiquer avec lui.

Pendant leur conversation, Isis avait placé des contenants aux huit extrémités d'une rune tracée dans le sol. Isaac restait à distance, de son ombre implacable.

Elias caressa les cordes de son instrument et se saisit de l'archet. Qu'avait-il entre les mains exactement ?

Un violon, murmura une voix dans son esprit.

Une voix qu'il avait déjà entendue à plusieurs reprises. Une silhouette sombre s'était matérialisée à ses côtés. Un chien à trois yeux. Ce dernier lui adressa un sourire de toutes ses dents avant de disparaître, comme s'il n'avait été qu'un rêve.

— Je ne sais pas en jouer.

— Pas besoin, Charon le sait, le rassura Isis.

Cette première Passeuse semblait savoir ce qu'elle faisait là. Elle faisait confiance à la reine et sa présence avait achevé de convaincre

Elias. Si Maël pouvait être sauvé, pourquoi ne pas tenter l'expérience ? La vie était plus importante que tout et il ne risquait pas d'avoir de mauvais désagréments comme avec son père.

— Placez-vous sur la rune mère, poursuivit la reine. Elias ici et Kelya là.

Elias fit un pas hésitant en avant, sans savoir où était tracée la rune. Isaac lui prit la main et le conduisit à l'endroit choisi.

Puis, le son d'un cornet s'éleva dans les airs, doux, lent. La mélopée l'enveloppa et un profond sentiment de confiance s'imprégna en lui. Il savait jouer de cet instrument. Il le positionna sur son épaule et tira une longue note plaintive chargée d'angoisse et de peur. Kelya frappa un accord. Lentement mais sûrement, leurs trois instruments se rejoignirent jusqu'à ne former plus qu'une seule et même musique. La voix de la reine s'éleva parmi eux, guidant la musique et le sortilège au plus profond de son âme. Toutes ses couleurs brillaient. Elles voletaient autour d'eux trois, se mélangeant, créant des nuances sans pareilles, répondant au rythme de la mélopée qui se déroulait avec grâce. La mélodie s'engouffra dans leurs instruments et la Chimère de la Peur poussa le violon de sa grosse tête avant de disparaître à nouveau.

— Bienvenue dans l'ordre des Passeurs, dit la reine. Baissez-vous pour toucher le corps de l'enfant.

Elias essaya de déduire où se situait le corps de Maël. Il avança pour signifier aux autres qu'il était prêt.

— Sauvons-le.

La paume d'Isaac sur son épaule le guida et effectua une légère pression pour l'inciter à se baisser. Elias suivit le mouvement et tendit les doigts. La peau de Maël était encore tiède, mais plus aussi chaude qu'à l'accoutumée. Il glissa sa main dans la sienne et attendit le signal de Kelya qui ne tarda pas à venir. Il l'entendit claudiquer jusqu'à l'autre côté.

Chapitre 12

— Je suis prête. Comment devons-nous faire ?

— Connectez votre lien, expliqua la reine. Charon guidera ensuite votre énergie vers l'âme de l'enfant.

Elias ferma les yeux pour se concentrer et entra dans son mathiak. Cette fois, sa conscience avait recréé un feu de camp, à l'image de leurs soirées quotidiennes, tel que son esprit les avait imaginées. Les bûches posées autour des flammes. Leurs couvertures. Cela paraissait si réel qu'il avait l'impression que Maël surgirait à n'importe quel instant de derrière un arbre en brandissant le bois à brûler. Dans le ciel, sa réserve d'émotions se mouvait lentement. Les flux multicolores des émotions s'emmêlaient les uns avec les autres. Il devait maintenant recréer ce qu'il avait fait pour vaincre Garrett, mais sans l'instinct du danger.

Elias ouvrit sa porte et chercha une autre présence à laquelle se connecter. Sans aucun effort, il trouva une autre porte et un corridor se créa entre elles. Kelya en chair et en os se trouvait en face. Elle semblait avoir son âge, comme si elle n'avait jamais vieilli. Sans doute s'imaginait-elle toujours ainsi. Elle tendit la main et il la saisit. À ce contact, les frontières de leurs deux mathiaks se brouillèrent et ils ne firent plus qu'un. Le feu de camp brûlait dans des dunes de sable noir, sous un ciel totalement ouvert sur les étoiles. À son ciel s'était ajouté un flux de grain doré, sans doute le pouvoir de Kelya.

Leurs émotions se mélangèrent. Ces dernières avaient été coupées par la présence proche de l'arguentyl lors de leur précédent contact, mais cette fois-ci, Elias se prit en pleine face le ressenti actuel de Kelya. Sa culpabilité écrasante. Sa peine. Ses remords. Ses regrets. Son envie d'en finir. Sa colère. Non pas contre les autres. Mais contre elle-même. Il resta coi un moment, submergé par toute cette vague qui ne lui appartenait pas. Le temps qu'il démêle sa propre personnalité de la sienne, il prit conscience qu'elle devait avoir encaissé ses propres émotions à lui. Ils se regardèrent, sans avoir besoin de s'exprimer sur la mort de Maël. Chacun connaissait les sentiments de l'autre. L'espoir était ce qui les rapprocherait. Son sauvetage les scellerait. Tout ce processus n'avait duré qu'une seconde, à la vitesse de la pensée. Un chat noir apparut.

Charon pour vous servir. Lancez votre magie vers moi.

Sans qu'ils aient à se concerter – leurs esprits étaient dans un seul et même endroit –, Elias joignit sa magie à Kelya et l'envoya sur Charon. Tout se passa bien tant qu'ils piochèrent dans leur réserve naturelle, bien qu'il n'en reste plus grand-chose après l'attaque contre Garrett. Puis, le potentiel de source d'Elias s'activa. Sa réserve de magie dans le ciel était vide et il absorba une énergie d'ailleurs pour compenser. Le sol trembla. L'image de sa conscience se fissura. Elias serra la main de Kelya plus fortement. Ils devaient aller au bout du sort. Maël devait renaître. Un tremblement de terre aurait pu lui tomber dessus qu'il n'aurait pas bougé.

— Attention ! hurla Kelya dans le monde réel.

Le sort se rompit. Son mathiak se ferma. Kelya le poussa rudement sur le côté. Un craquement assourdissant emplit ses oreilles. De la poussière entra dans son nez. Il toussa.

— Un trou !

— Courez !

Kelya le tira avec force vers l'avant. Il trébucha, mais elle le rattrapa aussitôt.

— Plus vite !

— Ça continue de s'écrouler !

La terre glissait sous ses pas. Des pierres roulaient. Fracas. Des bâtiments s'écroulaient. Des bruits de course. Saut. Un bris de verre. Tombe. Du bois craqua. Cours. Des tuiles fracassées. Encore. Vite. Vite. Il s'écorcha les mains sur des gravats. Tomba encore. La terre tremblait. Le sol échappait à ses pieds. Mais Kelya, implacable, le tenait toujours.

— J'ouvre un portail, foncez ! ordonna la reine.

Kelya le poussa en avant et soudain, il n'y eut plus rien sous lui. Rien que le vide et l'air qui lui fouettait les mollets. Il chuta. Ses pieds heurtèrent l'eau et une gerbe d'éclaboussures recouvrit sa tête. Il nagea vers ce qu'il pensait être le haut et retrouva la surface. Elias prit une grande goulée d'air avant de boire la tasse. Un bras se plaça sous lui pour le soutenir.

— Par là, gamin.

Isaac le mena jusqu'à une corde qu'il empoigna. D'où sortait-elle ?

— Les gens sur le bateau vont te tirer à eux.

Elias soupira de soulagement. Ils étaient sauvés et enfin à distance respectable de ce continent qui s'effondrait de tous les côtés.

La flotte. Kelya détestait ça. Sa jambe blessée ajoutait à la difficulté de la situation et elle but la tasse plusieurs fois. Elle nagea jusqu'à se trouver près de la coque, attendant qu'Elias grimpe à bord du shyrla, ce navire d'argent. Les lettres de son nom brillaient au soleil : le Léthée. La reine l'avait visé avec son portail, mais avec le mouvement, ils étaient tombés un peu plus loin. Ils étaient trempés, mais sains et saufs.

Maël, par contre… Son corps avait dû être englouti par le trou apparu juste sous leurs pieds. Une seconde de réaction plus tard et elle y serait passée avec Elias aussi. Chose étrange, les instruments de musique les avaient suivis et voletaient avec paresse dans les airs. Charon devait avoir veillé à ne pas perdre son morceau d'âme et son contenant dans le néant.

Quelques instants plus tard, Kelya retrouva le bonheur d'un sol stable. Elle essora ses vêtements avant de se tourner vers le petit groupe qui les accueillait à bord. Isis, la première Passeuse, se jeta dans les bras d'une jeune fille de son âge aux multiples tresses.

— Isis ?
— Alizée !

Elias devint rouge écarlate en entendant ce prénom. Il la connaissait ? Kelya regarda avec plus d'attention : la jeune prêtresse ! Celle qu'elle avait bâillonnée au bivouac ! Elle lui tourna le dos, reportant ce problème à plus tard. Si ladite Alizée ne l'avait pas reconnue, autant l'ignorer. L'obscurité lors de sa capture avait certainement suffi à dissimuler les traits de son visage. Tant qu'elle n'utilisait pas le démon, Alizée ne devrait pas faire le lien. La reine Faith discutait avec celui qui devait être le capitaine.

— Voilà mon rapport sur les aides que sont prêts à apporter les Gardiens aux réfugiés de Nelor, expliquait le jeune homme d'une vingtaine d'années. Ils sont peu nombreux. Ils ont peur de perdre le contrôle de leur terre. Mon peuple est sous tension et nos Arches sont pleines à craquer.

— Je vois. Et le parchemin de la légende ?

— Dans mon bureau. Le village qui le gardait a été difficile à convaincre. J'ai usé plus de perles que prévu.

— Merci, Zéphyr.

La reine tourna les talons vers la cabine du capitaine. Kelya s'apprêta à la suivre, mais une autre tête familière l'interrompit.

— Tiens, mais nous avons des invités ! Et je vous connais ! Vous étiez aussi au bivouac avec Alizée et moi ! Heureuse de voir que vous avez échappé à ces villageois. Ils ont tout détruit !

Face à elle, l'exploratrice Thelma débitait toujours autant de phrases.

— Ah, il y a Isaac et Elias aussi ! Mais où est notre petit lanceur de pierres ?

Kelya s'assombrit. Elle n'avait pas envie de raconter cet épisode. Que l'enfant était mort par sa faute. Qu'ils avaient tenté de le sauver. Qu'ils avaient échoué. Des larmes coulèrent le long de ses yeux, sans qu'elle puisse les contenir. Elle était désemparée. Comment un si petit être pouvait-il disparaître aussi vite ? Cette bouille bavarde si attachante…

— Oh, dit Thelma.

Thelma puait la pitié. Kelya ne voulait pas de compassion. Elle était coupable. Tout cela était de sa faute. Le démon lui avait ravagé l'esprit et le cœur. Elle était un monstre. Un monstre. Thelma l'enserra soudainement dans ses bras. Rigide, Kelya ne sut comment réagir. Personne ne l'avait jamais consolée de la sorte. Elle avait toujours été seule. Envers et contre tous. Sa volonté qui ne tenait plus qu'à un fil lâcha. Son corps se détendit et elle pleura longuement. Sa main dans sa poche serra le petit caillou qu'elle aurait voulu offrir à Maël. Ce petit moustique aurait adoré.

Elias s'était assis dos à un mât. Il ne voulait pas gêner les membres de l'équipage, ou pire, basculer par-dessus bord. Il n'avait pas la force d'explorer les lieux et de les mémoriser dans sa carte mentale. Ses doigts parcouraient le violon.

Pose ta question.

Ce Charon lisait en lui comme dans un livre ouvert. À croire que ses pensées lui étaient accessibles à volonté.

C'est le cas, mais seulement si tu touches ton instrument. Je guide ton pouvoir et donc ton mathiak.

Elias ne répondit pas. En effet, c'était logique. Bizarre et gênant, mais logique.

Ta question ?

Si tu es le Passeur des âmes… Tu vois tous les morts ?

Oui.

Tu as vu Maël ?

Oui. Il est en paix.

Quelque part, cela rassurait Elias. Même si sa vie s'était écourtée trop tôt, le savoir à un endroit où tout irait bien pour lui…

Et mes parents ?

Non. Ils sont vivants.

Tu en es sûr ?

Ne m'insulte pas ou je te griffe.

Un poids quitta ses épaules. L'inquiétude qui l'habitait depuis tout ce temps s'était réduite. Maintenant qu'elle s'atténuait, il se rendait compte à quel point il n'avait cessé de penser à leur sort. Même celui de son père. Si Charon disait qu'ils étaient vivants, alors peut-être les reverrait-il un jour. Il pourrait montrer tout ce qu'il avait appris de son périple et ils seraient fiers de lui.

Et tu sais où ils sont ?

Je suis un chat, pas une boussole.

Et il se croyait drôle avec ça. Elias se pencha pour poser le violon au sol, devant lui.

Tu devrais jeter un œil à ton mathiak.

Elias rompit le contact avec Charon et ouvrit son mathiak. Il était dans la cuisine de sa maison, telle qu'il s'en souvenait. Un plat mijotait sur le feu. Au plafond, il restait peu de flux de magie. Sa réserve ne s'était pas encore reconstituée. Bizarre. À croire que Charon avait bloqué son énergie. Il tourna dans son monde imaginaire jusqu'à repérer une fenêtre qui n'avait rien à faire là, les volets fermés.

Chapitre 12

D'un geste, il les ouvrit et le monde s'offrit à lui. Sa vision répondait à son appel sans aucun effort ! Il discernait chaque homme et chaque femme, auréolés d'une couleur. Alizée brillait de jaune et Isis de vert. Kelya rougissait et... Isaac était gris. En se concentrant, il pouvait apercevoir des nuances d'autres émotions. Le bleu entachait violemment les silhouettes d'Isaac et de Kelya. Mais au-delà des couleurs, il voyait.

— Je vous vois. Je vous vois !

Des larmes coulèrent le long de ses joues et il ne pouvait se lasser de ce spectacle. Si le monde restait fermé à lui, chaque être vivant était accessible. Il tourna son attention vers le ciel et la masse rouge du dragon se révéla à lui. Il en fut presque ébloui tellement sa lumière était puissante.

Chaque être fut observé à la loupe jusqu'à ce que ses yeux se ferment de la fatigue qu'il leur imposait. Alors, il referma la fenêtre et regagna son obscurité.

— Merci... Merci.
— Tu vois ?

Alizée. Un bruissement de tissu lui indiqua qu'elle s'était assise à côté de lui.

— Oui ; toi, par exemple, tu es jaune. Ton amie Isis, verte.
— Ah, tu vois enfin les couleurs élémentaires à volonté. Et la reine, de quelle couleur est-elle ?
— Où se situe-t-elle ?
— Juste derrière toi, la porte de la cabine de Zéphyr est ouverte.

Elias replongea dans son mathiak et se retourna. Une vive lumière éblouit sa vision. Elle était si forte qu'il fut obligé de vite refermer la fenêtre.

— Blanche. Comme si je regardais le soleil directement.

Alizée eut une exclamation de surprise.

— Elle est puissante, très puissante. Sa réserve d'émotions doit être immense !

Et effrayante. Depuis combien de temps vivait-elle pour accumuler un tel pouvoir ? Personne n'avait jamais eu cette couleur. Était-elle seulement humaine ?

Kelya était accoudée au bastingage, face au continent. Les plaines verdoyantes et vallonnées n'étaient plus celles qui l'avaient tant surprise à son arrivée. Elle les avait comparées à des dunes d'herbe. Du port d'origine ne restaient que quelques débris de bois à une centaine de mètres de là. Le village de pêcheurs qui en profitait n'était plus que fantôme et même les animaux avaient fui. L'air était étrangement calme.

Ses yeux se baissèrent sur son luth. Garrett avait passé de longues heures à lui apprendre à en jouer. Elle éprouvait une sensation douce et amère en se rappelant ces souvenirs. Tout aurait pu être différent si, au lieu de s'opposer, ils étaient restés soudés. Pourtant, elle ne ressentait aucun regret concernant sa mort. Il la méritait. Mais quelque part au fond d'elle, la jeune Kelya ressentait de la peine.

Isaac se posta à côté d'elle et ne dit rien, aussi silencieux qu'à son habitude. Ils observèrent un cratère se former au loin, sans broncher. Ni l'un ni l'autre n'était natif de cette terre et ils n'étaient pas aussi touchés que ses habitants par sa disparition. Quelques réfugiés comme eux avaient trouvé refuge sur le navire, mais leur nombre était faible par rapport à la population. Peut-être avaient-ils fui bien avant, via les portails restants ou les ports non endommagés.

— Tu ne me détestes pas ? s'enquit Kelya.
— Pourquoi, j'devrais ?

Chapitre 12

— Je vous ai trahis, menti et piégés.
— Tu nous as sauvés.
— Pas tous.

Sa main dans sa poche serra le petit caillou.
— Et c'type ?

Kelya souffla. Elle chassa sa peine et sa culpabilité dans un recoin de son esprit et expliqua à Isaac sa mission d'origine. Elle dévia sur sa relation d'enfance avec Garrett, puis sur sa vie à Jarah. Elle passa sous silence ses cibles en tant que chasseuse de primes, excepté la première.

— C'est elle qui avait raison. Je travaillais contre moi-même tout ce temps.
— T'as plus qu'à t'rattraper.
— Comment ?
— En protégeant le gamin. L'a l'don pour se foutre dans les ennuis.

Kelya hocha la tête. C'était la moindre des choses. Et même s'il ne voudrait jamais vraiment de son aide après ça, elle espérait au moins pouvoir l'empêcher de finir de nouveau dans les mains de ceux qui cherchaient la source... Et si c'était le but de la reine ? Après tout, elle avait obtenu ce qu'elle voulait sans sauver Maël...

Kelya pénétra dans la cabine du capitaine sans y avoir été invitée. La reine s'y trouvait, plongée dans ses parchemins.

— Kelya, tu tombes bien.

Elle lui désigna un tabouret, mais Kelya ne s'assit pas. Elle avait l'impression de revivre une de ses confrontations avec Cornelius. Sauf que sa naïveté et sa jeunesse n'étaient plus une excuse pour se faire mener par le bout du nez.

— Vous n'avez pas tenu parole. Maël n'est pas revenu à la vie.
— J'ai fait une erreur.

C'était bien la première fois qu'elle admettait s'être trompée.

— La légende a mal été traduite. Voilà sur quoi je m'étais basée.

La reine tendit à Kelya un parchemin où était inscrit le poème suivant :

Doré est l'unique démon
Commandant des émotions,
Mais pour percevoir à travers
Ses maléfices irréels,
Seules les couleurs de l'esprit
Et les visions éternelles
Sauveront l'aube des deux mondes,
Augmentant la source de tout.

— Le traducteur a dû vouloir respecter les huit syllabes. Mais le lien de la source avec les yeux dorés n'augmente pas tout, c'est l'inverse. Au lieu de « *Augmentant la source de tout* », il faut lire « *Prélevant à la source de tout* ». Elias n'est pas la source, mais il se sert dans la magie naturelle. Et quand le flux environnant est déjà déséquilibré…

— Cela ouvre un trou sous nos pieds, comprit Kelya.
— Oui.
— L'effondrement de Nelor est aussi de sa faute ?
— Non, c'est l'ouverture de trop nombreux portails vers la Terre qui a causé cette catastrophe.
— Est-ce que Thera tout entière va s'effondrer ?
— J'en ai bien peur. Voilà pourquoi j'ai créé l'ordre des Passeurs : pour rétablir l'équilibre des forces magiques.

Chapitre 12

— Vous avez gagné, j'ai fini par rejoindre votre foutu ordre.

Faith lui adressa un sourire chargé de mystère.

— Tu travaillais déjà pour lui. Tu n'as jamais vraiment été seule avec ton démon, mais tu fais désormais officiellement partie d'un groupe dont tous les membres ont des capacités exceptionnelles.

— Si le démon le veut.

— Et pourtant, tu as su utiliser toute la puissance d'Elias sans perdre le contrôle. Votre lien est aussi exceptionnel que celui mentionné dans la légende. Nous sommes sur la bonne voie pour rétablir l'équilibre.

Nous ? Kelya ne réagit pas. Elle était déjà impliquée depuis des années dans cette recherche d'informations. Pouvait-elle vraiment abandonner le projet alors qu'il atteignait son point culminant ? Pouvait-elle ignorer le démon en elle et laisser son monde s'écrouler en ruines ?

— Tu acceptes de m'aider ? demanda la reine.

À ce moment-là, Faith lui apparut dans toute sa dimension humaine : le visage tiré par de nombreuses heures de lecture à la bougie, des plis sous les yeux et une fatigue accumulée par une pression trop forte posée sur ses seules épaules.

— Oui. Nous sauverons le monde, ou mourrons avec lui.

Elias tentait d'assimiler toutes les implications de la conversation que Kelya venait de lui raconter. Mais elle n'avait pas terminé de parler :

— J'aimerais te présenter mes excuses. Je sais que tu ne pourras jamais me pardonner la mort de Maël, mais nous allons devoir travailler ensemble.

Faute avouée, à moitié pardonnée. Mais Elias avait déjà enclenché le processus en ressentant les émotions de Kelya. Personne ne pourrait plus lui en vouloir qu'elle-même, il était inutile de doubler la punition, même si sa propre peine restait inchangée.

— C'est ce type qui l'a tué, pas toi. J'accepte tes excuses.

Elias ouvrit sa fenêtre mentale pour la scruter. L'aura rouge s'était apaisée et d'autres couleurs se mêlaient enfin à sa personnalité. Tout n'était pas perdu ; Kelya pouvait quitter cette colère permanente qui l'habitait. Ses yeux tombèrent à nouveau sur l'éclat de la reine et il ferma sa vision trop éblouissante.

— Cette reine n'est pas humaine.

— Je m'en méfie aussi ; cette histoire de Passeurs tombe trop bien pour n'être qu'un simple hasard.

— Alors, on ne l'aide pas ? On ne tient pas notre promesse ?

— Si, Thera a besoin de nous et elle le sait très bien. Juste… on garde les yeux ouverts.

— Compte sur moi, sourit Elias.

Épilogue

La nuit tomberait bientôt. Faith aimait sentir le vent dans ses tresses, sa cape claquant derrière elle. Le shyrla avait pris de la vitesse vers leur nouveau cap. Elle espérait que les graines déjà semées suffiraient à convaincre plus rapidement les Passeurs restants de la rejoindre. Un pour chaque émotion. Seule la Terrienne lui donnait du fil à retordre, trop obtuse pour croire à l'existence de la magie et d'un destin plus vaste que le sien.

— Tu savais, n'est-ce pas ?

Isis. Elle ne lâchait jamais rien et c'était ce qu'elle aimait chez elle. La première Passeuse. Kelya avait failli lui voler la primeur, mais son caractère l'avait empêchée de faire le premier pas. Isis avait été nécessaire pour la convaincre ; ça… et un peu de maturité.

— Pourquoi me poses-tu la question si tu connais la réponse ?
— Les laisser croire qu'ils pouvaient ressusciter l'enfant…
— Un peu d'espoir ne fait jamais de mal.
— Comme celui donné à mon peuple qu'il pourrait vivre en harmonie avec les Gardiens ?

Faith ne répondit pas. Isis avait compris en voyant se reproduire le rituel sous ses yeux que rien n'avait jamais été laissé au hasard.

— Est-ce que tu as déclenché cette guerre ?

Oui, et plus encore. Ce qu'elle avait provoqué dépassait l'entendement. Mais c'était la seule solution pour empêcher Thera de disparaître. La seule. Elle ne pouvait placer ce genre de sacrifices sur les épaules d'une autre personne.

— J'ai fait en sorte que Kelya et Elias se rencontrent. Ils sont liés avant même d'être Passeurs. Imagine la synergie qu'ils vont apporter à notre groupe !

Elle se tourna pour affronter le regard dur d'Isis. Elle avait grandi si vite, en si peu de temps, avec les tâches à haute responsabilité qu'elle lui avait confiées.

— Est-ce que nous œuvrons pour le plus grand bien, au moins ?

— Oui.

Car tout ce qu'elle pourrait faire ne serait jamais aussi mauvais que ce que le Maelström allait provoquer.

Remerciements

Ce livre s'est inscrit dans une période particulière de ma vie : ma première grossesse. Si je n'ai pas écrit une seule ligne au début des trois premiers mois, je me demande encore comment j'ai réussi à achever les dernières révisions avec un nouveau-né. Cela n'aurait pas été possible sans le soutien de nombreuses personnes qui m'ont accompagnée de l'ébauche de la première idée jusqu'au rendu final.

Merci à la communauté des Jeunes Ecrivains de m'avoir aidée à réfléchir et ficeler l'intrigue.

Merci à mes formidables bêtas-lecteurs : Renard Rouge, Volte, Sacha Morage, Mavis, Philippe et Marie-France.

Merci à ma fidèle communauté qui attendait la suite avec impatience et a permis le succès de la campagne Ulule.

Merci à tous les contributeurs d'avoir cru en ce projet.

Merci à mes proches pour leur fierté et leur admiration qui me rappellent qu'écrire un bouquin reste un exploit que j'ai accompli pour la deuxième fois.

Et enfin, merci à vous, lecteurs, d'être allés au bout de ces lignes, en espérant que vous êtes prêts à continuer l'aventure en ma compagnie.

BoD – Books on Demand, In de Tarpen 42, Norderstedt (Allemagne)

Impression à la demande